KB045082

# 어원의 발견

뜻을 알면 고개가 끄덕여지는 어원의 세계

박영수 지음

# 어원의 발견

사람in
saramin.com

# 여는 글

어떤 일의 역사적 맥락을 이해하려면 대략 세 가지, 사건의 흐름, 관련된 인물의 행적, 단어의 어원에 주목해야 한다. 예컨대 조선 건국의 경우 위화도 회군과 정몽주 그리고 태조(太祖)라는 핵심 용어를 살펴야 한다.

그런데 사건과 인물에 대해서는 어느 정도 알려진 경우가 많지만, 어원은 그렇지 않다. 역사에서 거시사(巨視史)가 주류이기 때문이다. 그렇지만 어원은 사소한 역사가 아니고, 그 자체만으로도 흥미로운 작은 역사이므로 간과해서는 안 된다. '태조'만 하더라도 이성계(李成桂)를 지칭하는 고유명사가 아니라 국가를 창건한 창업 군주에게 붙이는 묘호(廟號)이므로 태조라는 단어가 나오면 전체 문장을 통해 어느 나라 시조인지 파악해야 한다. 또한 '건국(建國)'과 '개국(開國)'을 구별하려면 반드시 어원을 알아야 한다.

이처럼 어원의 역할은 크다. 모든 말과 글에는 근원이 있는 까닭이다. 예컨대 '노래'는 '놀다'에 접미사 '애'가 붙어 생긴 우리말이고, '벼락감투'는 재미있는 설화와 관련해 생긴 말이다. 역사 초기에는 낱말이 몇 개 되지 않았지만, 점차 교류가 활발하고 분야가 다양해지면서 그 수가 비례하여 늘어났다.

그런데 세월이 흐르면서 낱말의 본뜻을 알 수 없거나 알쏭달쏭해지는 일이 흔해지고, 이따금 엉뚱한 낱말이 주인이 됐다. 이를테면 '휴지(休紙)'는 우리말 '슈지'를 한문으로 적을 때 '슈'에 해당하는 한자가 없어 '휴'로 표기한 것인데, 지금은 슈지를 밀어내고 버젓이 주인 노릇을 하고 있다. '쉬는 종이'라는 이상한 한자어인데도 말이다.

그런가 하면 탄생 배경과 관계없이 엉뚱한 뜻으로 쓰이는 낱말도 많고, 원래 의미를 알면 계속 쓸지 말지 판단하게 되거나 문장에 따라 효과적으로 쓰게 되는 말도 적지 않다. 단어를 잘못 선택해 상대에게 오해를 불러일으킨다면 큰 문제일 것이다.

어원을 공부하는 일은 단지 어떤 말이 생겨서 이루어진 역사적인 근원만 살피는 것이 아니고, 연관된 문화 지식과 역사를 알게 되는 흥미로운 여정이다. 낱말이나 관용어의 어원을 파악하면 글을 쓰거나 대화를 나눌 때 상황에 적확한 말을 골라 쓸 수 있다. 누군가의 성장 과정이나 속마음을 알면 그 사람을 한층 더 이해할 수 있게 되는 것과 같은 이치다.

이 책은 1, 2부로 나뉘어 있다. 제1부 의외의 어원을 가진 우리말은 알고 보면 색다른 유래를 가진 낱말을 다뤘고, 제2부 어원으로 살펴본 우리말 한자어는 자주 쓰는 한자어 중에서 말뿌리를 제대로 알면 이해에 더욱 도움이 되는 단어들을 선별하여 실었다.

낱말의 유래를 깨닫게 되면 앞서 말했듯, 적재적소에 활용할 능력이 생기고 언어 사용에 대한 자신감이 높아진다. 사회생활을 하는 누구에게나 필요한 일임이 틀림없다. 아무쪼록 독자 여러분에게 도움되는 어원 여행이기를 바란다.

박영수

# 차례



[제1부]
## 의외의 어원을 가진 우리말

[제 2 부]

## 어원으로 살펴본 우리말 한자어

# [제1부]

# 의외의 어원을 가진 우리말。

# 가위눌리다

"군사 속에서 한 자가 가위를 눌려서
잠꼬대가 대단했다."
- 박종화, 《임진왜란》

잠을 자다가 가위눌리는 일은 옛날부터 있었다. 다만 유럽에서는 마녀가 영혼을 빗자루에 실어 납치하는 유괴, 혹은 악령이 가슴 위에 올라탄 괴롭힘으로 생각했고, 중국에서는 귀신이 가슴 위에 앉아 짓누르는 고통으로 여겼다. 가위눌림을 이르는 한자 魘(염)은 귀신 눌림을 의미한다.

조선 중엽 명의 허준도 '가위눌림'을 귀염(鬼魘)이라 하여 귀신이 압박하는 증상으로 보고 《동의보감》(1610)에서 다음과 같이 설명했다.

> "잠들었을 때는 혼백이 밖으로 나가는데 그 틈을 타서 귀신이 침입하여 정신을 굴복시키면 마비가 일어난다. 이때 불을 비추거나 앞에서 갑자기 부르면 자칫 죽을 수도 있으

므로, 그 사람의 발뒤꿈치나 엄지발가락 발톱 근처를 아프게 깨물어 줘야 한다."

가위눌림의 어원에는 두 가지 설이 있다. 하나는 자는 사람 누르는 귀신을 뜻하는 우리말 '가위'에 '눌리다'라는 말이 더해졌다는 설이다. 다른 하나는 장기(將棋) 용어에서 비롯됐으니, 상대편 궁(宮)의 한편에서 연거푸 장군을 부를 수 있는 위치의 두 차(車)를 '가위다리 차'라 하는데, 이 때 상대편은 꼼짝없이 지게 되므로 '가위눌리다'라는 말이 생겼다는 설이다.

현대의학에서 보는 가위눌림은 잠잘 때 두뇌와 신체의 연락이 끊어짐으로 인해 생기는 '수면마비'이며, 두 사람 중 한 명이 한 번 이상 경험할 정도로 흔한 증상이라고 한다. 일반적으로 마음이 불안할 때 가위눌리는 일이 많이 일어나며, 그 과정은 이렇다. 잠이 깨는 과정에서 혼란이 일어나면 몸은 마비됐으나 정신이 먼저 깬 상태로 변한다. 이 경우 아직 몸은 수면 상태인데 뇌는 잠에서 깼다고 생각하면서 감각의 혼란으로 가위눌림을 당하게 된다.

◦ 가위눌리다 | 자다가 무서운 꿈을 꾸어 몸이 마음대로 움직여지지 않아 답답함을 느끼다.

## 개평

"판돈은 술·담뱃값과 불전 개평으로
다 나가서 정작 딴 사람도
주머니 속에는 얼마 안 들어가고
이럭저럭 녹아 버리는 것이 노름판 속이다."
- 이기영, 《봄》

'개평'이란 노름이나 돈내기 화투에서 가진 돈을 다 잃어 무일푼이 됐을 때 돈을 딴 사람의 몫으로부터 조금 얻어 가지는 것을 이르는 말이다. 이 말은 상평통보에서 나왔다.

조선 시대에는 상평통보(常平通寶)를 '평'이라고 줄여 말하면서 낱개를 의미하는 '개(個)' 자를 앞에 붙였다. 즉, 개평은 상평통보 하나를 의미했고, 주로 노름에서 쓰였다. 투전이나 골패 따위 노름에서 남에게 잃은 돈 중 낱돈으로 조금 얻어 가지는 돈을 가리켜 개평이라고 말했다. 한자를 줄인 말이지만, 한자 없이 마치 본래의 우리말처럼 됐다.

◦ 개평 | 노름이나 내기 따위에서 남이 가지게 된 몫에서 조금 얻어 가지는 공것.

# 고리짝에 호랑이 담배 피던 시절에

"옛날 고리짝 시절에
격양가(擊壤歌)라는 게 있다.
격양가는 풍년이 들어 농부가 태평한
세월을 즐기는 노래를 이르는 말이다."
- 역사

"옛날 호랑이 담배 피던 시절에
있었던 일이다."
- 관용 표현

할아버지, 할머니들이 옛날이야기를 할 때 이따금 '옛날 옛적 고리짝에'라는 말로 시작하는데, 이는 '아주 오랜 옛날에'라는 의미의 관용어다. 그렇다면 구체적으로 어느 시기를 말하는 것일까?

바로 '고려 시대에'라는 뜻이다. 조선 시대 사람들이 민담이나 전설을 아이들에게 들려줄 때 '옛날 옛적 고려적(고려 때)에'라고 말했는데, 세월이 흐르면서 '옛날 옛적 고리짝에'로 변한 것이다. 버들고리나 대오리 따위로 엮어 만든 옷상자를 이르는 우리말 '고리짝'과는 아무 상관이 없다.

'고리짝에'가 '고려 시대에'를 뜻하는 말이라면, '호랑이 담배 피우던 시절'은 언제일까?

조선 후기 백과사전인 《오주연문장전산고》에 따르면 담

배는 1618년에 전래됐지만 실제로는 임진왜란 무렵 일본으로부터 들어왔다. 왜란이 끝난 후 곳곳에서 담배가 재배되면서 점차 널리 퍼졌고, 조선 후기에 이르러 조선 중엽의 일을 말할 때 '호랑이 담배 피우던 시절'이라고 말했다.

20세기 들어서는 그 의미가 완전히 달라졌는데, 이는 일제가 행한 의도적인 호랑이 멸종과 관련이 깊다. 일제는 한국인의 강인한 심성을 약화하고자 대대적인 범 사냥에 나섰고 그 결과 1929년 대덕산 호랑이를 마지막으로 더 이상 한반도에서 범을 볼 수 없게 됐다. 이후 '호랑이 담배 피우던 시절'은 아주 까마득한 옛날을 이르는 말로 쓰이게 되었다.

◦ 고리짝에 | 오랜 옛날의 때에.

◦ 호랑이 담배 피우던 시절에 | 지금과는 형편이 다른 까마득한 옛날에.

# 고린내 구린내 군내 단내

"발 고린내같이
고리탑탑한 냄새가……."
- 박영한, 《머나먼 쏭바강》

"구린내 나는데 방귀 뀐 놈이 없다."
- 속담

"군내 나는 김치를 먹어
마늘 냄새 비슷한……."
- 이문구, 《장한몽》

"콧구멍에서는 단내가 훅훅 치민다."
- 윤흥길, 《묵시의 바다》

냄새의 종류는 수없이 많아서 모든 냄새를 정확히 표현하기 어렵다. 그렇지만 강한 냄새는 사람들 대부분이 비교적 공통으로 느끼기에 몇 가지를 구분해서 말했다.

첫 번째 예문의 '고린내'는 곯아서 썩은 풀이나 달걀에서 나는 냄새를 가리키는 말이다. 부패하거나 상한 것을 뜻하는 '곯다'에 냄새를 이르는 '내'가 덧붙은 말이다. 씻지 않은 발가락 사이의 때 냄새도 고린내라고 한다. 제대로 청소하지 않은 총각 혼자 사는 방에서도 고린내가 난다.

두 번째 예문의 '구린내'는 똥이나 방귀처럼 고약한 냄새를 이르는 말이다. 동물 몸속에서 소화되고 남은 음식 찌꺼기에서 나는 냄새를 가리키는 '구리다'와 명사 '내'가 결합한 말이다. 아이가 똥을 누면 방 안에 구린내가 진동한다. 위 속담은 좋지 않은 일을 꾸민 흔적이나 일의 결과는 있는데 아무도 자기가 했다고 나서지 않는다는 말이다.

세 번째 예문의 '군내'는 오래되거나 맛이 변한 음식에서 풍겨 나오는 좋지 않은 냄새를 이르는 말이다. 제맛이 변해서 나는 좋지 않은 냄새를 말한다. '시지도 않아서 군내부터 먼저 난다'라는 속담은 어린 사람이 벌써부터 노숙한 체하며 못된 짓 하는 것을 비꼬아 이르는 말이다.

네 번째 예문의 '단내'는 몸의 열이 몹시 높을 때, 입이나 콧속에서 나는 냄새를 이르는 말이다. 대체로 너무 힘들 때 단내가 느껴지므로 '코에서 단내가 난다'라는 속담이 생겼다. 몹시 고되게 일하여 힘이 들고 몸이 피로하다는 말이다.

- 고린내 | 썩은 풀이나 썩은 달걀에서 나는 것과 같은 고약한 냄새.
- 구린내 | 똥이나 방귀 냄새와 같이 고약한 냄새.
- 군내 | 오래되거나 맛이 변한 음식 등에서 풍겨 나오는 좋지 않은 냄새.
- 단내 | 몸의 열이 몹시 높을 때, 입이나 코안에서 나는 냄새.

# 고맙다

"어진 사람을 고마ᄒᆞ여 존자(尊者)라고 한다."

-《석보상절》

"선용은 달려들어 껴안고 실컷 울고 싶도록 혜숙에게로 가까이 가고 싶었다. '고맙습니다.' 선용의 목소리는 떨리고 힘이 있었다."

- 나도향,《환희》

첫 번째 예문의 '고마ᄒᆞ여'와 두 번째 예문의 '고맙습니다'는 모두 현대국어의 '고맙다'와 맥락이 닿는 우리말인데, 그 의미는 다르다. '고마ᄒᆞ여'는 '존경하여'라는 뜻이고, '고맙습니다'는 '베풀어 준 호의에 마음이 흐뭇하다'라는 뜻이다. 왜 미묘하게 다를까?

'고맙다'의 어원은 '남의 인격이나 행위를 높여 공경하다'라는 의미의 고유어 '고마'가 어근이며, 한자 존(尊)이나 경(敬)에 대응한다. 존자(尊者)는 학문과 덕행이 높아 존경받는 불제자를 이르는 말이므로 첫 번째 예문의 '고마ᄒᆞ여'는 '존경하여'라는 의미임을 파악할 수 있다. 초기의 '고맙다'란 의미는 이처럼 공경하고 존경하는 마음을 나타낸 말이었는데, 17세기 들어 변화가 생겼다.《계축일기》에 있는 다음 문장에 쓰인

'고맙게'는 공경하는 마음과 흐뭇한 마음을 모두 담고 있다.

"대비께서 감동하시고 고맙게 여기시며 세자를 향하여……."

이후에도 '고맙다'는 상대를 존경하는 마음을 나타낸 말이었으나 19세기 들어 외래어에 대한 번역 작업이 있었을 때 '감사하다'란 뜻으로 바뀌었으며 '존경하다'의 의미는 사라졌다.

또한 '고맙다'는 본래 사람과 사물 모두에 사용하는 반면, '감사하다'는 주로 사물에 대한 인사로 썼지만, 두 용어가 혼용되면서 감사하다 역시 어느 경우에든 사용하게 됐다. 오늘날 '감사하다'의 사용 빈도가 더 높지만, 우리말을 아낀다면 '고맙다'를 쓰는 게 바람직하다.

◦ 고맙다 | 호의나 도움에 대하여 마음이 흐뭇하고 즐겁고 감동적이다.

# 곤두박이<br>곤두박질

"폭음이 한결 가깝게 들리면서 비행기들이
솟구치고 곤두박이는 모양들이 멀게 보였다."

- 조정래, 《태백산맥》

"산에 올랐다가도 곤두박질을 해서
안방이나 봉놋방에 처박히면……."

- 이무영, 《농민》

예문의 '곤두박이'는 본래 공중제비로 넘어져 가꾸로 땅에 떨어지는 모습을 이르는 말이다. 비슷한 말 '곤두박질'은 몸이 대번에 뒤집혀 갑자기 거꾸로 내리박히는 일을 가리킨다. 곤두박이와 곤두박질의 어원은 모두 '근두질'이다.

《역어유해》(1690)를 찾아보면 '근두질하다'라는 말이 재주넘기를 하기 위한 이전 행동으로 표현되어 있다. '재주넘기'는 몸을 한 바퀴 완전히 돌리는 것이고, '근두질(跟頭跌)'은 몸을 돌리기 위해 머리를 아래쪽으로 내리박는 행위를 말한다. 이에 연유하여 몸이 뒤집혀 갑자기 거꾸로 내리박히는 일을 '근두박질'이라고 말하게 됐다. 이후 '근'은 '두'의 모음 영향으로 '곤'으로 변화하여 19세기에 이르러 '곤두박질'이 됐다. 곤두박질은 어떤 일이 좋지 못한 상태로 급히 떨어지는 상황을 가리킬 때 쓴다. 예컨대 새들은 먹이 사냥을 할 때 곤두박질을 치듯 날곤 한다. 그리고 '곤두'라는 말은 '곤두서다', '곤두세우다'의 형태로도 쓰이게 됐다. '머리털이 곤두서다'는 '무섭거나 놀라서 신경이 긴장되다'라는 뜻이고, '곤두세우다'는 '신경을 날카롭게 긴장시키다'란 뜻이다. 이를테면 외진 길을 밤중에 홀로 걸으면 신경이 곤두서고, 남의 얘기를 엿들을 때 귀를 곤두세운다.

◦ 곤두박이 | 머리가 땅에 닿도록 거꾸로 넘어져 떨어지는 일. 또는 높은 데서 떨어지는 일.

◦ 곤두박질 | 몸이 뒤집혀 갑자기 거꾸로 내리박히는 일. 또는 좋지 못한 상태로 급히 떨어지는 일.

# 골탕

"할머니는 등이나 머리가 아프면 골탕을,
무릎이 아프면 도가니탕을 먹어야 한다는
믿음을 가지고 있다."
- 속신

"사내아이는 일부러 골탕을 먹이려는 듯
날듯이 빨리 걷는다."
- 박경리, 《토지》

첫 번째 예문에 나오는 '골탕'은 원래 소의 머릿골과 등골을 넣어 끓여 낸 맑은장국을 가리키는 말이다. 구체적으로 설명하면, 소의 등골이나 머릿골에 녹말이나 밀가루를 묻혀 기름에 지지고 달걀을 씌워 맑은장국에 넣어 끓인 국이 골탕이다. '골국'이라고도 한다.

그러므로 골탕을 먹는 것은 맛있는 고깃국을 먹는다는 뜻이었다. 그런데 '속이 물크러져 상하다'라는 뜻의 '곯다'와 음운이 비슷한 까닭에 그 의미가 섞여 변질됐고, '심하게 손해를 당하거나 낭패를 보는 일'이란 의미가 됐다.

◦ 골탕 | 한꺼번에 되게 당하는 손해나 곤란.

# 광대뼈

"코가 납작하고 광대뼈가
유난히 튀어나온 불량하게 생긴 자가
마주 지나치다가 아는 체를 하였다."
- 황석영, 《장길산》

'광대'는 가면극, 인형극 같은 연극이나 줄타기 등을 하던 직업적 예능인을 가리키던 말이다. 근대화된 후에도 조선 시대의 전술한 예능인과 비슷하다고 하여 한동안 연예인을 '광대'라고 부르기도 했다.

그런데 광대는 구경꾼의 눈길을 끌기 위해 뺨에 붉은 물감을 칠했는데, 탈춤용 탈을 만들 때도 뺨 부위를 두드러지게 만들었다. 그 부분이 눈에 가장 잘 띄는 데다 표정을 나타내기에 적합한 까닭이다. 하여 얼굴에 쓰는 탈도 '광대'라고 불렀으며, 얼굴에서 가장 두드러져 보이는 뼈를 '광대뼈'라고 말하게 됐다.

◦ 광대뼈 | 뺨의 튀어나온 부분을 이루는 네모꼴 뼈.

# 괴롭다

"두고 온 자식들과 마누라의 일이
걱정이 되어서 나날이 괴로웠다."
- 최일남, 《거룩한 응달》

'괴롭다'의 '괴'는 '쓰다', '쓴맛'을 뜻하는 한자 '苦(쓸 고)'에 어원을 두고 있다. '고통스러운 상태'를 뜻하는 '고롭다'가 '괴롭다'로 음이 변했다. 쓴 것을 먹으며 얼굴을 찌푸리는 것처럼 '몸이나 마음이 불편하다'라는 뜻을 나타낸다.

이 말은 조선 세조 때 문신 황수신 등이 왕명에 따라 《묘법연화경》을 번역한 《묘법연화경언해》(1463)에 처음 보인다. '苦이'가 '고로이'를 거쳐 '괴로이'가 됐다. 같은 맥락에서 '괴롭다'란 파생어도 생겼다. 즉 '괴롭다'는 '苦롭다'가 변한 말이다. 작가는 글이 잘 안 써지면 괴롭고, 상인은 손님이 적으면 괴롭다.

◦ 괴롭다 | 몸이나 마음이 고통을 받아 견디기 힘든 상태에 있다.

## 구실

"떡두꺼비 같은 아들 둘을 나란히 낳았으므로
운암댁은 임씨 가문의 며느리로서
이제 구실을 다한 셈이라고 생각했다."
- **윤흥길, 《완장》**

"이때까진 데모를 할 구실도
면목도 없었는데……."
- **이병주, 《지리산》**

첫 번째 예문의 '구실'은 자기가 마땅히 해야 할 맡은 바 책임을 뜻하는 우리말이다. 구실의 어원은 1464년에 발행된 《선종영가집언해》에 기록된 '그위실'인데, '그위실'은 관직(官職)을 뜻했으며 16세기에는 '조세', '부역'의 의미도 포함했다. 월탄 박종화가 쓴 역사소설 《금삼의 피》에 세금의 의미로 쓰인 예를 볼 수 있다.

"백성들은 나무뿌리와 껍질을 캐고 벗겨 먹는 가긍한 형편이면서도, 이 구실을 못 바치고는 견디지 못하게 되는 까닭에……."

온갖 세납(稅納)을 통틀어 이르던 '그위실'은 '귀실'을 거쳐 '구실'이 됐고, 19세기에 '자기가 해야 할 맡은 바의 일'을 뜻하게 됐다. 예컨대 거북선은 임진왜란에서 왜적을 무찌르는 데 크나큰 구실을 했다.

이렇게 '구실'이란 말은 공공 관청에서 일을 맡아본다는 의미에서 점차 '어떤 자격으로 마땅히 해야 할 일'을 뜻하게 됐다. "사람 구실 좀 해라"처럼 쓰인다.

두 번째 예문의 구실(口實)은 한자어이며 '핑계'의 의미를 지니고 있다. 공부하기 싫은 학생은 이런저런 구실로 집을 빠져나갈 궁리를 하고, 자주 지각하는 회사원은 늘 갖가지 구실을 대며 자기 합리화를 한다.

◦ 구실 | 마땅히 자기가 해야 할 맡은 바 일.

◦ 구실(口實) | 핑계를 삼을 만한 재료.

## 주전부리
## 군것질

"식량 사정이 더욱 곤궁해지면서부터
사람들은 군것질을 하지 않게 되었다."
**- 김용성, 《도둑 일기》**

"새끼들 주전부리라도 사다주고
여편네 속곳이라도 사다주게 되는 재미로……."
**- 김성동, 《연꽃과 진흙》**

'군것질'은 끼니 외에 떡이나 과일, 과자 따위의 군음식 먹는 일을 뜻한다. '덧붙은'을 뜻하는 접두사 '군-'과 사물을 나타내는 의존명사 '것', 행위나 일을 뜻하는 접미사 '-질'이 결합한 말로, 쓸데없이 간식 먹는 일을 가리킨다. '군살', '군더더기'의 예에서 보듯 '군-'은 쓸데없이 덧붙은 것을 이를 때 쓰므로, 군것질에는 불필요한 일이라는 의미가 담겨 있음을 알 수 있다.

이에 비해 '주전부리'는 세끼를 다 챙겨 먹고도 때를 가리지 않고 심심풀이로 먹는 입버릇이나 그 군음식을 이르는 말이다. '군음식'은 끼니 이외에 더 먹는 음식을 가리키고, '주전부리'보다 어감이 약한 말은 '조잔부리'다. '주전부리'는 풍족한 먹을거리가 있어야 가능하기에 여유를 담은 말로 볼 수 있다.

과자가 귀했던 옛날에는 엿이나 곶감을 주전부리로 먹었

고, 가난한 집 아이들은 겨울에 엿가락만 한 고드름을 와삭와삭하며 맛있게 먹기도 했다. 근대 이후 말랑말랑한 생과자나 찹쌀떡 같은 음식을 주전부리로 삼았으며, 요즘엔 수많은 과자나 과일이 그 자리를 대신하고 있다. 하지만 주전부리를 많이 먹으면 입맛이 없어지므로 식사 직전에는 삼가는 게 좋다.

- 군것질 | 끼니 외에 과일이나 과자 따위의 군음식을 먹는 일.
- 주전부리 | 때를 가리지 않고 군음식을 먹는 입버릇이나 그 군음식.

## 성가시다
## 귀찮다

"여러 학생 중에는 형식의 이야기를
귀찮게 여기는 자도 있고……"

- **이광수, 《무정》**

"에이 성이 가셔 죽겠어.
동네에선 쌀을 뒤지러 다닌다구
총을 멘 젊은 놈들이 들싸구……"

- **염상섭, 《취우》**

'귀찮다'는 '귀(貴)하다'와 '아니하다'가 합쳐진 '귀(貴)치 않다'의 준말이다. '귀하지 아니하다'가 '귀치 않다'로 줄어들었다.

'귀치 아니ᄒᆞ다'는 '나라 임금이 쓰는 그릇과 의복이 다 귀하니 귀치 아니ᄒᆞ면 쓰지 않는지라'처럼 18세기 문헌에서부터 나타난다. 의미는 그대로인 채 축약되어 19세기에 '귀찮다'로 쓰였고, 20세기에 들어서 현대국어와 같은 의미를 지니게 됐다.

몸이 아프면 만사가 귀찮고, 어물전 상인은 날아드는 파리떼가 귀찮고, 원룸에서 혼자 사는 사람은 방 청소가 귀찮고, 회사 일로 지쳐 몹시 피곤한 부모는 놀자고 하는 아이의 성화가 귀찮을 수 있다.

'성가시다'란 '(사람이) 들볶이거나 번거로워 괴롭고 귀찮다'라는 뜻이다. "날 좀 성가시게 하지 마!"라고 말하면 귀찮게 하지 말라는 의미이고, "밤껍질 까기가 성가시다"라고 말하면 단단한 밤껍질 벗겨내는 일이 무척 번거롭다는 뜻이다. 본래 '성가시다'는 '(얼굴이) 초췌하다, 파리하다'라는 뜻이었다. "얼굴이 성가시다"라고 말하면 창백해졌거나 몹시 피곤해 보인다는 의미였다. 그런데 얼굴이 성가실 정도면 피곤하거나 아픈 상태라서 무슨 일이든 귀찮아지므로 여기에서 '귀찮다', '번거롭다'라는 뜻으로 바뀌었다.

낮잠을 자려고 할 때 파리가 달려들면 성가시고, 하는 일마다 누군가 계속 간섭하면 성가시고, 한 번에 처리할 수 있는 일인데 상대 때문에 두세 번 하게 되면 성가실 수 있다.

◦ 귀찮다 | 마음에 들지 않고 괴롭거나 성가시다.

◦ 성가시다 | 자꾸 들볶거나 번거롭게 굴어 괴롭고 귀찮다.

# 긴가민가

"백규는 긴가민가해서 다시 그것을 보는 척 했지만
그러나 보지는 않았다."
- 송하춘, 《백규평전》

그런지 안 그런지 확실히 판단하기 힘든 순간이 있다. 그럴 때 쓰는 '긴가민가'는 '기연(其然)가미연(未然)가'의 준말이다. 한자 뜻 그대로 '그러한가, 그렇지 않은가'란 의미다. 기억이 분명하지 않아 헷갈리고, 확실한 판단이 서지 않을 때 흔히 쓰는 말이다.

꿈이 무척 생생하면 꿈인지 깨어 있을 때 겪은 일인지 긴가민가하고, 생각지 못한 소식을 들으면 뜻밖이라 긴가민가하며, 나이가 들어 기억력이 떨어지면 지난 일이 긴가민가 가물거린다.

◦ 긴가민가 | 그런지 또는 그렇지 않은지 분명하지 않은 모양으로.

# 까불다

"앞으로도 그렇게 경박하게 까불면 안 되겠다."
- 박태순, 《어느 사학도의 젊은 시절》

옛날에는 가을에 추수하는 일을 '가실한다'고 했다. '가실(가슬)'은 가을의 옛말이다. 가실에서 필수적인 작업은 거둬들인 곡식을 방아나 절구에 넣어 찧고, 또 이를 키에 담아 까부는 일이다. '찧고 까분다'라는 말이 지금은 경솔하게 군다는 뜻으로 별로 좋지 않게 쓰이지만, 본뜻은 그게 아님을 알 수 있다.

'까불다'란 본래 키질을 일컬었는데, 그 행동이 가벼워 보이므로 철없이 경망하게 행동함을 이르는 말로 바뀌었다. 행동이 가벼운 사람을 일러 흔히 '까불이'라고도 한다.

◦ 까불다 | 가볍고 조심성 없이 함부로 행동하다.

# 꼴통

"특정 지역이 보수 꼴통이라는 지적은
특정인의 판단적 오류가 아닌가 생각한다."
- 〈매일신문〉(2010. 10. 30)

위 문장에서 '꼴통'은 '세상 변화를 외면하는 보수적인 사람'을 의미한다. 그렇다면 본래 '꼴통'은 무슨 뜻일까?

'꼴통'의 어원은 '골통'이다. '꼴통'은 《한영자전》(1897)에 '골통'으로 처음 나오며, '머리'로 풀이되어 있다. 여기서 '골'은 '뇌(腦)', '통'은 '뭔가를 담는 그릇'이다. 그러므로 '골통'은 '뇌를 담은 그릇'인 셈이다. 20세기 중엽 이후에는 '말썽꾸러기'나 '머리 나쁜 사람'을 된소리화된 '꼴통'으로 불렀다. 또한 관습이나 권위만 내세우고 변화를 거부하는 꽉 막힌 사람을 '수구 꼴통'이라 하기에 이르렀다. 현재 국어사전에서는 '머리 나쁜 사람을 속되게 이르는 말'이라고 정의하고 있다.

◦ 꼴통 | 머리가 나쁜 사람을 속되게 이르는 말.

# 꼽사리

"영국 해리 왕자는 인터뷰에서
왕실 가족과의 관계를 언급하면서
'나는 그들에게 꼽사리(third wheel)에 불과했다'는
등의 정제되지 않은 표현까지 써가며
격한 심경을 토로했다."
- 〈연합뉴스〉(2023. 1. 9.)

몇 사람이 모여 재미있게 놀고 있는데 누군가 끼어들어 분위기를 깨는 일이 있다. 그럴 때 좋은 말로 주의를 주는 사람도 있지만, "꼽사리 끼지 마"라며 면박하는 사람도 있다. '꼽사리'가 도대체 무슨 뜻일까?

이 말은 노름 용어에서 유래됐다. 옛날에 노름할 때 판돈 대는 것을 '살 댄다'라고 했는데, 여기서 '살'은 노름판에 걸어놓은 몫에 덧붙여 올려놓는 돈이라는 뜻이다. 노름할 때 밑천이 적거나 마음이 내키지 않아서 끼어들지 못하고 있다가, 좋은 패가 나온 사람 편에 서서 살을 댄 데다 또 살을 대고 하는 경우가 있다. 살을 댔는데, 거기에 또 살을 대니까 '곱살'이 된다. '곱'은 같은 수량을 몇 번이고 거듭 합치는 일을 가리키는 우리말이다.

이처럼 정식으로가 아니고, 남들이 하는 일에 곁다리 끼

는 행동을 '곱살이 끼다'라고 말하게 됐으며, 명사형 '곱사리'는 된소리화를 거쳐 '꼽사리'가 됐다. 현재는 꼽사리만 표준어로 인정하고 있다. 또, 자기편의 패가 좋아서 본인도 살을 댔을 때는 다른 상대를 재촉하기 마련이어서, 꼽사리는 '몹시 보채다'라는 뜻도 지니게 됐다.

◦ 꼽사리 | 남이 노는 판에 거저 끼어드는 일.

# 꿀밤

"영권은 백 원 한 장에 놈의 머리에
꿀밤까지 덤으로 붙여 주고 찾은 편지였다."
- **이정환, 《샛강》**

'꿀밤'은 '주먹 끝으로 가볍게 머리를 쥐어박는 짓'을 이르는 말이다. 꿀밤과 주먹은 무슨 관계이기에 이런 말이 나왔을까?

꿀밤의 어원은 '굴밤'이다. 굴밤은 졸참나무의 열매로, 졸참나무 도토리라고도 한다. 가을이 되면 잘 익은 밤과 도토리가 나뭇가지에서 떨어지는데, 밤송이는 머리에 맞으면 몹시 아프지만, 가벼운 도토리는 그렇지 않다. '툭' 하고 뭔가 머리에 부딪힌 느낌만 있을 뿐이다. 이에 연유하여 아프지 않게 주먹으로 머리를 가볍게 쥐어박는 일을 '굴밤'이라 하게 되었고, 장난기를 강조하고자 '꿀밤'으로 발음하게 됐다.

---

◦ 꿀밤 | 주먹으로 가볍게 머리를 쥐어박는 일.

---

# 나막신

"남산골 샌님은 지나 마르나
나막신을 신고 다녔으며……"
- 이희승, 《벙어리 냉가슴》

"옷자락 하나가 흘러내려 논둑길을 쓸며
마치 뱀처럼 나막신 뒤 굽을 따라 끌려간다."
- 박경리, 《토지》

나막신은 진 땅에서 신도록 나무를 파서 만든 신을 이르며, '나무로 만든 신'을 뜻하는 '나무신'이 와전된 말이다. 나무로 만든 신은 고대부터 있었지만, 조선 시대 사람이 많이 신은 형태의 나막신은 17세기 무렵 등장했다. 이는 1627년 제주도 해안에 표착한 얀 야너스 벨테브레이를 비롯한 네덜란드인 세 명과 관련이 있다. 이들은 화포 만드는 능력을 인정받아 귀화했고, 총포와 무기 제작에 기여했다. 병자호란(1636)에서 두 사람은 전사했고, 살아남은 벨테브레이는 종전 후 무과에 급제했다. 그는 한국식 이름 박연(朴淵)으로 개명한 뒤 화포 개량에 공헌했다.

1653년에 하멜 일행이 제주도에 표착했을 때, 네덜란드 출신의 박연은 통역을 맡았다. 하멜은 몇 년 동안 조선에 있었는데, 박연이 하멜 일행을 감독하고 조선 풍속을 가르쳤다. 이들의 만남을 전후해서 네덜란드의 전통 나막신 클롬펜(Klompen)이 조선에 등장했다.

클롬펜은 바다를 간척해 땅이 질척거리는 네덜란드에서 비싼 가죽신을 못 사는 농부들이 일할 때 신던 신발이다. 조선에 머물던 네덜란드인들은 비가 올 때 클롬펜을 모방한 나막신을 직접 만들어 신었다. 이후 앞뒤에 높은 굽이 있는 나막신이 조선 전역에 널리 퍼졌고, 비가 오는 날이나 땅이 진 곳에서 신었으며, 가난한 사람은 비가 내리는데도 짚신을 신고 다녔다. 나막신은 근대에 이르기까지 비 내리는 날 신는 신발로 애용되다가 고무신이 등장하면서 이내 사라졌다.

◦ 나막신 | 높은 굽이 있게끔 나무를 파서 만든 신.

# 나부랭이

"아전 나부랭이가 백 칸에서 반 칸이 모자란
집을 짓고 산다는 것은 언어도단이었다."
- 서기원, 《마록열전》

술병 나부랭이, 냄비 나부랭이, 안주 나부랭이 등 흔히 '나부랭이'라고 하면 어떤 물건이든 하찮은 것처럼 여겨진다. 심지어 사람을 가리키는 백정 나부랭이, 아전 나부랭이, 머슴 나부랭이, 점쟁이 나부랭이도 마찬가지다. 단어 뒤에 나부랭이가 붙으면 그 대상은 별 볼 일 없음을 의미한다. 왜 그럴까?

원래 '나부랭이'는 '종이나 헝겊 따위의 자질구레한 오라기'를 이르는 말이다. '오라기'는 실, 헝겊 따위의 가늘고 긴 조각을 뜻한다. 종이 나부랭이나 헝겊 나부랭이는 온전한 형체가 아닌 부스러기임을 알 수 있다. 하여 나부랭이란 물건이나 사람을 낮잡아 말할 때 쓰게 됐다.

◦ 나부랭이 | 어떤 사람이나 물건을 하찮게 여겨 이르는 말.

# 낙인찍히다

"초등학교 교장으로부터
멍하니 주위에 정신을 판다고 낙인찍혀
언제나 두들겨 맞는 소년이 되었다."
- 오에 겐자부로, 《'나'라는 소설가 만들기》

낙인(烙印)은 쇠붙이로 만들어 불에 달구어 찍는 도장을 이르는 말이다. 예전에는 다양한 용도로 쓰였으며 가장 주요한 쓰임새는 나무 호패(號牌)에 관인을 찍는 것이었다.

조선 시대에는 16세 이상의 남자는 신분을 증명하기 위해 호패를 지니고 다녀야 했는데, 호패를 만들 때 직사각형으로 앞면에는 성명, 나이, 태어난 해의 간지를 새기고 뒷면에는 해당 관아의 낙인을 찍었다. 물건을 만드는 장인도 낙인을 찍었으니 예컨대 장롱 뒷면에 낙인을 찍어 만든 이를 밝혔고, 가축을 가진 사람은 황소 엉덩이에 낙인을 찍어 누구 소유인지 밝혔다.

그런가 하면 형벌로 죄인의 몸에 낙인을 찍는 일도 있었다. 죄인에 대한 낙인은 사람들에게 피해야 할 대상으로 여기게 했고, 한 번 찍힌 낙인은 지울 수 없는 까닭에, '낙인찍히다'라는 관용어는 '벗어나기 어려운 부정적 평가가 내려지다'라는 의미로 쓰이게 됐다. 나중에는 '찍히다'로 줄여서 사용했으며, 항상 주시하고 있거나 기억하고 있음을 강조할 때 썼다. "회사에서 위험인물로 찍혔다"라거나 "학교에서 문제아로 찍혔다"처럼 부정적 평가를 받은 인물을 가리킨다. 이철용 소설《어둠의 자식들》에 낙인의 의미를 일러주는 다음과 같은 문장이 있다.

> "전과자라는 낙인과 배운 기술이라고는 어렸을 때부터 배운 소매치기 기술밖에 없는 제가 무엇을 하겠습니까?"

◦ 낙인찍히다 | 지우기 어려운 부정적인 평가를 받거나 나쁜 존재가 되다.

"겉으로는 아직 어리다는 것이나 그 속살은 돈 있는 집으로 딸을 놓겠다는 내숭이었다."
- **김유정, 《옥토끼》**

# 내숭

'내숭'은 겉으로는 유순하게 보이지만 속은 엉큼하고 흉측함을 이르는 말이다. 내심 좋아하면서 관심 없는 척하는 상대에게 주로 '내숭 떨다'라는 관용어 형태로 쓴다. '내숭'은 '속마음이 흉함'을 이르는 한자어 '내흉(內凶)'에서 온 말이며, 반모음 'ㅣ' 앞에서 'ㅎ'이 'ㅅ'으로 바뀌었다. 실제 상황을 감추고 아닌 체하는 내숭에 대해 박완서는 《미망》에서 다음과 같이 표현했다.

> "넓은 만주 바닥의 조선 사람 돈은 다 긁어모은다고 소문이 자자하던데 겨우 입에 풀칠이나 하는 것처럼 내숭 떠는 것 좀 보게나."

---

◦ 내숭 | 겉으로는 순해 보이나 속으로는 엉큼함.

---

# 노다지

“사장은 대수롭지 않게 말했지만 발전 속도가 빠른
신흥 주택가에 인접해 있는 걸로 봐서
장차 노다지가 쏟아질 땅인 건 틀림없었다.”

- 박완서, 《오만과 몽상》

‘노다지’란 말은 외세 침탈이 자행되던 구한말에 생겼다. 인천 개항 이래 외국인 회사가 전국에 많이 설립됐는데 평안북도 운산에는 금광을 개발하려는 광산업자가 몰렸다. 그중 동양 합동 광업 주식회사란 채광 회사는 운산금광 광업권을 얻어 1900년부터 12년간 금광석 2백92만여 톤을 채굴했다.

그 무렵 광산업자는 금맥이 뻗은 운산 곳곳에 가시줄을 쳐놓고 영어로 ‘No Touch(노터치)’란 푯말을 꽂아 놓았다. 행여 누군가 몰래 금맥을 캐 갈까 우려해서였는데, 그만큼 황금이 많이 나와서 광산업자의 배를 불려 주었다. 광산업자는 광물 세척기를 설치해 작업 속도를 높였고, 조선인을 고용해 날마다 불순물을 거르게 했다.

당시 광산에서 얼마나 많이 금이 쏟아져 나왔는지 서양인들은 조선인 광부들에게 "노우 타치, 노우 타치"를 연발하며 신이 나 뛰어다녔다. 이 노우 타치(No Touch)를 조선 광부들은 '노다지'로 들었다. 금이 막 쏟아져 나올 때마다 서양인들이 "노우 타치, 노우 타치"라고 말하기에, 조선인 광부들은 '손대지 말라'라는 뜻인 줄은 모르고 '마구 쏟아져 나오는 황금' 정도로 이해했다. 여기서 '노다지'의 의미가 생겼다.

주식이나 암호 화폐를 노다지로 생각해서 가진 돈을 모두 투자하는 사람이 있는가 하면, 복권으로 노다지를 꿈꾸는 사람도 있다. 각자 판단할 일이지만, 노다지는 대개 확률이 낮다는 점을 유념해야겠다.

◦ 노다지 | 손쉽게 많은 이익을 얻을 수 있는 일감을 비유적으로 이르는 말.

# 누룽지

"자기 아이들한테 누룽지 하나 챙겨 주는 것도
섭섭지 않게 마음을 쓰는 등
세심한 두름성에 입이 벌어졌다."
- 송기숙, 《녹두장군》

가마솥으로 밥을 지으면 반드시 누룽지가 생긴다. '누룽지'의 옛말은 '눌은 티'다. 누룽지의 '지'는 부스러기를 뜻하는 '티'가 구개음화로 '치'를 거쳐 '지'로 변한 것으로, '누룽지'란 '눌은 부스러기 밥'이란 뜻이다. 누룽지는 고구려 시대에 발명된 가마솥 문화의 산물이며, 예전에는 누룽지를 물에 불려서 식사 뒤, 차(茶)의 대용으로 즐겼다.

누룽지는 흔한 것이기에 '평생소원이 누룽지'라는 속담이 생겼다. 기껏 요구하는 소원이 너무나 하찮은 것임을 비유적으로 나타낸 말이지만, 다른 관점에서 사람이 비교적 소박한 것을 원하는 경우를 이르기도 한다.

◦ 누룽지 | 솥 바닥에 눌어붙은 밥.

## 눈꼴사납다
## 눈꼴시다

"임상 경험도 신통치 않은 것들이
미국만 갔다 오면 별이라도 딴 듯이
날치는 꼴이 눈꼴사나웠다."

- **전광용, 《꺼삐딴 리》**

"젊은 놈이 꺼떡거리는 꼴은
정말 눈꼴이 시어 못 보겠어.

- **유진오, 《구름 위의 만상》**

'눈꼴'의 '꼴'은 '골(고랑)'에서 온 말이며, '눈의 고랑'은 눈가에 골이 진 부분을 나타낸 말이다. 눈꼴은 눈의 생김새나 눈이 움직이는 모양을 낮잡아 이를 때 썼다. 사람 눈꼴은 매우 민감히 반응하므로, '떡 사 먹을 양반은 눈꼴부터 다르다'라는 속담도 생겼다. 정말 그 일을 하려는 사람인지는 겉으로 봐도 알 수 있다는 뜻이다.

이처럼 눈꼴은 실제 심리 상태를 나타내며, 누군가의 못마땅한 모습을 보면, 눈꼴이 사나워지는 데서 '눈꼴사납다'라는 말이 생겼다. '눈꼴시다'라고도 말하는데, '시다'는 강한 빛을 받아 슴벅슴벅 찔리는 듯한 느낌을 나타낸 말이다. 햇살이 비치면 눈이 시듯, 눈에 거슬리는 행위를 보면 눈이 시게 된다. 말하거나 글을 쓸 때 '눈꼴사납다' 혹은 '눈꼴시다'라고 해야 하며, '눈꼴이 사납다'나 '눈꼴이 시다'라는 식으로 해서는 안 된다.

일반적으로 사람들은 벼락출세한 이의 거만한 태도 또는 강자에게 잘 보이려고 비굴하게 저자세로 대하는 모습에 눈살을 찌푸린다. 또한 공공장소에서 애정 표현을 지나치게 하는 연인이나 돈 좀 벌었다고 우쭐대는 졸부도 눈꼴사나워한다. 박경리 작가의 《토지》에도 그런 표현이 보인다.

> "하인 놈 푼수에 개구리 올챙이 적 모르더라고 거들먹거리는 꼴 눈꼴시어 못 보겠다."

◦ 눈꼴사납다 | 보기에 아니꼬워 비위에 거슬리게 밉다.

◦ 눈꼴시다 | 하는 짓이 거슬리어 보기에 아니꼽다.

# 눈시울

"어느덧 이뿐이의 눈시울에
구슬방울이 맺히기 시작한다."
- **김유정, 《산골》**

"그녀의 눈빛에는 조금도 우수의 그림자가 없었고
오히려 앙칼스러움과 섬뜩하게 느껴질 만큼
시울이 날카로웠다."
- **문순태, 《피아골》**

'눈시울'은 눈의 가장자리 가운데 속눈썹이 난 곳을 일컫는 말이고, '시울'은 약간 굽거나 휜 부분의 가장자리를 가리키는 우리말이다. 긴 타원형인 고깃배 가장자리를 '시울'이라 불렀는데, 옆에서 볼 때 그 모양이 눈 생김새와 비슷하므로 '눈'에다 '시울'을 붙여 눈시울이라고 말하게 됐다. 둥글고 길쭉한 '입술'도 본래 '입시울'이었으나 입술로 바뀌었다.

흔히 '눈시울이 붉어지다', '눈시울이 뜨거워지다'라는 표현을 쓰는데, 감정이 복받쳐 울음이 나오려 할 때 눈 가장자리가 먼저 붉어지는 데서 생긴 말이다. 흔히 감동했을 때 눈시울이 뜨거워지며 가슴이 찡하다.

◦ 눈시울 | 눈언저리의 속눈썹이 난 곳.

# 눈치코치

"영감은 눈치코치 보다가 지쳐서
아주 직통 대고 쏟아 놓았다."
- **염상섭, 《지평선》**

"엄니는 워째 그리 눈치코치도 읎소.
아는 것이 읎으면 해주는 밥이나 묵고,
소리 읎이 앉었을 것이제."
- **조정래, 《태백산맥》**

'눈치'는 남의 생각이나 행동을 제때 살펴서 알아차리는 것, 일의 정황이나 남의 마음 따위를 상황으로부터 미루어 알아내는 힘을 이르는 말이다.

'눈치'의 어원은 '눈츼'로 옛날 한글에서 '츼'는 '치우침', '치올림'이란 뜻을 가진 말이었다. 즉 '눈츼'란 본래 눈의 치우침, 눈의 치뜸이란 의미였음을 알 수 있다. 사람들은 무엇을 신중하게 살펴볼 때 눈을 약간 가늘게 뜨고 눈꼬리를 치뜨는 습관이 있는데, 이에 연유하여 나온 말이 '눈치'인 것이다.

눈치는 대인 관계에서 중요한 역할을 한다. 누가 굳이 말하지 않아도 상황을 파악해서 요령 있게 처신하면 상대에게 좋은 인상을 주는 까닭이다. '눈치가 빠르면 절에서 새우젓 얻어먹는다'라는 속담은 눈치의 중요성을 보여준다. 이와 반대로 눈치가 없으면 어디서든 구박받을 가능성이 높다. 눈치가 전혀 없는 사람을 가리켜 "눈치가 발바닥이라"라고 말하는데, 눈빛에서 눈치라곤 전혀 찾을 수 없다는 재미있는 표현이다.

19세기 이후에는 '코치'란 말이 아무런 뜻 없이 '눈치'라는 말에 덧붙었다. 시각으로 파악하는 눈치가 있으면 후각으로 파악하는 코치도 있어야겠다는 생각에서 자연스레 코치라는 말이 붙었다.

◦ 눈치코치 | '눈치'를 강조하여 속되게 이르는 말.

# 단칸방

"우리는 노인과 셋이서 그 비좁은
오두막 단칸방에다 잠자리를 함께 폈다."
**- 이청준, 《눈길》**

"취직해서 돈을 벌어 오겠다는 쪽지를
단칸방에 남겨 두고 집을 나왔다."
**- 이철용, 《어둠의 자식들》**

'오두막'은 사람이 겨우 들어가 살 정도로 작게 지은 막이나 집을 가리키고, '단칸방'은 칸이 단(單) 하나뿐인 방(房)을 이른다. 한 칸은 한옥 건물의 기준 규격이며, 한옥에서 한 칸은 기둥과 기둥 사이의 거리를 나타내는 단위로 여섯 자 길이다. 미터로 계산하면 1.81818미터, 약 182센티미터 정도 된다. 180센티미터는 요즘 성인이 팔다리를 펼 수 있는 정도의 길이지만, 평균 키가 160센티미터에 미치지 못했던 조선 시대에는 큰 불편함이 없던 규격이다. 한편, 조선 시대에는 아무리 부자라도 백 칸 넘는 방을 지을 수 없었기에 갑부는 아흔아홉 칸 집을 짓고 살았다.

◦ 단칸방 | 한 칸으로 된 방.

## 도리머리 도리질

"같이 가서 놀다 오자고 여러 차례 졸랐으나
황천왕동이는 끝끝내 싫다고
도리머리를 흔들었다."

- **홍명희,《임꺽정》**

"아이는 거칠게 '아니!' 하고
머리를 도리질하고 말았다."

- **황순원,《별》**

젖먹이 아기에게 흔히 "도리도리 죔죔, 곤지곤지"를 외치며 따라 하도록 한다. 이 말들은 무슨 뜻일까?

'도리'의 어근은 '돌'이며, '돌'은 '머리(頭)'의 뜻을 지니고 있다. 따라서 '도리도리'는 '머리 머리'란 뜻으로 '도리', 곧 '머리'라는 말을 가르치면서 머리를 좌우로 돌리는 운동을 시킨 것이다. '죔죔'이라고 할 때는 주먹을 폈다 쥐었다 하는데, '주먹'의 옛말은 '줌'이다. '줌'에 '억' 접미사가 붙어서 '주먹'이 됐다. '죔죔'은 주먹이라는 말을 가르치면서 손 운동을 시킨 것이다. '곤지곤지'는 집게손가락으로 한쪽 손바닥을 찍는 행동을 하며 내는 말이다. '곤지'의 옛말은 '고지'이고, '고지'의 어원은 '곶(곧)'이다. 손의 옛말이 '곧'이었으니, '곤지곤지'는 아기에게 손이라는 말을 가르치면서 손 운동을 시킨 것이다. 이처럼 우리 선조들은 처음에 말을 가르칠 때 그 의미와 행위를 입체적으로 학습시켰다.

이렇게 도리도리 놀이를 통해 고개 가로젓기를 익힌 아기는 싫은 뜻을 표현할 때 도리도리했는데 그런 몸짓을 '도리질'이라 했다. 음식을 먹기 싫거나 뭔가 하고 싶지 않다는 부정적 의사 표현인 '도리질'은 같은 뜻의 '도리머리'와 함께 쓰이다가 오늘날에는 '도리질'만이 그 자리를 차지하고 있다.

◦ 도리머리 | 어린아이가 머리를 좌우로 흔드는 동작.

◦ 도리질 | 머리를 좌우로 흔들어 싫다거나 아니라는 뜻을 표시하는 짓.

# 도무지

"다음날 아침까지도 그는
혜수를 만나러 갈 생각이 없었다.
열두 시까지도 그랬다. 가고 싶은 마음이
도무지 내키지 않았기 때문이다."
- **박영준, 《고속도로》**

황현의 《매천야록》에 보면 엄격한 가정 윤리를 어그러뜨렸을 때 아비가 눈물을 머금고 그 자식에게 비밀리에 내렸던 '도모지'라는 사형(私刑)과 천주교도를 심문할 때 다음과 같이 했다는 기록이 나온다.

> "먼저 통나무 기둥을 세우고 죄인을 묶어 꼼짝 못 하게 한다. 이어 물에 적신 종이를 죄인 얼굴에 붙여 눈, 코, 입을 막는다. 심문자의 질문에 답하지 않으면 한 장을 더 붙인다. 이렇게 한 겹 두 겹 붙여 나가면, 종이의 물기가 말라감에 따라 숨을 쉬기가 차츰차츰 어려워진다. 끝내 대답하지 않으면, 결국 죄인은 숨이 막혀 죽는다."

이때 죄인 얼굴에 붙이는 종이를 '도모지(塗貌紙)'라 했다.

塗(칠할 도), 貌(얼굴 모), 紙(종이 지)에서 알 수 있듯, 얼굴에 칠하듯 붙이는 종이라는 뜻이다. 도모지는 법률에 따른 공식적인 형벌이 아니라, 가문에서 사사로이 행하는 사형(私刑)이었다.

도모지 형벌은 죄인이 질식해서 죽게 하는 처참한 형벌이었다. 이처럼 끔찍한 형벌 '도모지'에 그 기원을 두고 있는 '도무지'는 그 형벌만큼이나 '도저히 어떻게 해 볼 도리가 없는', '아무리 애를 써도 전혀', '이러니저러니 할 것 없이 아주'의 뜻으로 쓰인다. 같은 맥락에서 "도무지 영문을 모르겠다", "도무지 이해할 수 없다", "도무지 말이 통하지 않는다", "도무지 생각나지 않는다"처럼 부정적 사실을 강조할 때 쓴다.

◦ 도무지 | 아무리 해도. 도저히 어떻게 해볼 도리가 없는.

# 도시락

"지게에 질머 지팡이 바쳐 놓고
새암을 찾아가서 점심 도슭 부시고
곰방대를 톡톡 떨어 닢담배 물고……"
- **사설시조**

"그들의 도시락은 고작해야
삶은 고구마가 아니면 호박버무리였으며
잡곡밥을 싸오는 사람도 없었다."
- **문순태, 《타오르는 강》**

첫 번째 예문은 작자 미상의 조선 시대 사설시조 중 일부인데, 현대어로 풀이하면 '지게에 싣고 지팡이 받쳐 놓고 샘을 찾아가서 점심 도시락 씻고 담뱃대를 톡톡 털어 잎담배 피워 물고'라는 내용이다. 시조 내용 중 '도슭'은 오늘날의 '도시락'에 해당하는 말이다. 휴대하기 편하게 만든 용기에 반찬 곁들인 밥을 가리켰다.

옛날 우리 조상들은 음식을 상에 차려 머리에 이고 나갔으나, 밖에서 식사해야 할 일이 많아지면서 나무로 둥글거나 네모나게 여러 층으로 만든 찬합에 반찬과 밥을 담아 날랐다. 그 뒤 고리버들(버드나무의 일종)이나 대오리(대나무를 가늘게 쪼갠 개비)로 길고 둥글게 엮은 작은 고리짝을 그릇으로 사용했는데, 이를 도슭이라 불렀다. 또 엷은 나무로 상자처럼 만들어

밥을 담기도 했다. 이렇게 도슭은 휴대용 그릇 혹은 휴대용 점심밥을 의미하게 됐다.

조선 시대 관원들은 도슭을 지참하고 출근해서 점심때 먹었다. 궁궐에서 만드는 음식은 임금과 왕족을 위한 것이었기에 신하들은 각자 도슭을 준비해 가야 했다. '도슭'에 접미사 '-악'이 결합해 '도스락'을 거쳐 '도시락'이 됐다.

현재 도시락은 재질과 형태가 다양하고, '음식을 담아서 간편하게 가지고 다니는 그릇' 혹은 '작은 그릇에 반찬과 함께 담은 밥'이란 의미로 통용된다.

◦ 도시락 | 밥을 담는 작은 그릇. 또는 작은 그릇에 반찬을 곁들여 담은 밥.

# 돈방석

"백신 판매로 돈방석 美 모더나,
개발 지원한 정부에 4억 달러 지불."
- 〈동아사이언스〉(2023. 2. 25.)

누군가 돈을 많이 벌면 흔히 "돈방석에 앉았다"라고 말한다. 올림픽에서 금메달을 딴 선수는 명예와 함께 돈방석에 앉는 경우가 많다. 그렇다면 돈방석은 원래 어떻게 생겼을까?

우리나라 최초의 돈은 996년에 제작된 건원중보다. 하지만 고려 시대에는 물건을 사고파는 일이 드물었기에 돈을 유통하는 정책이 큰 성과를 거두지 못했다. 상인을 천시한 조선 시대에도 돈은 제대로 유통되지 못했다. 조선 말기까지 여전히 물물교환이 성행해서 일반 백성은 동전 사용보다 생활필수품인 베나 쌀 등으로 값을 치르는 '물품화폐'만 사용했다. 당시에는 옷을 만드는 재료인 베와 먹는 주재료인 쌀이 가장 귀했던 까닭이다.

이때 화폐로 쓰이는 '베'는 양쪽 끝에 관청의 도장을 찍어

돈으로 사용했다. 옷감으로 쓰이는 베와 구별하기 위해서였다. 그런데 일부 사람이 장난삼아 이것을 방석처럼 깔고 앉으면서 '돈방석'이라는 말이 생겼다. 실제로 관인 찍힌 베를 방석으로 만들어 사용한 것이 아니고 단지 장난으로 베를 접어 만든 가상의 임시 방석이었다. 그렇지만 돈방석이란 말이 인상적인 데다, 부자가 되고 싶은 사람이 많은지라 누군가 갑자기 부자가 됐을 때 "돈방석에 앉았다"라는 말을 쓰게 됐다.

◦ 돈방석 | 돈을 매우 많이 가지고 있음을 비유적으로 이르는 말.

# 동네방네

"동네방네를 다 뒤져도
아무도 봤다는 사람이 없다."
- **김춘복, 《쌈짓골》**

"동네방네 개들이란 개들은
죄다 모여들어 짖어 대니……."
- **박태민, 《성벽에 비낀 불길》**

조선 시대의 마을은 규모에 따라 불리는 호칭이 달랐다. 가구가 60에서 150여 호에 이를 때는 '방(坊)'이라 했고, 방보다 규모가 작으면 '계(契)', 계 밑의 작은 촌락을 '동(洞)'이라 했다. 동 안은 동내(洞內), 방 안은 방내(坊內)로 불렀는데, 이 동내방내에서 유래된 '동네방네'는 이 동네 저 동네를 가리켰고, '동네방네 소문'이라는 말은 '작은 마을에서부터 큰 군락에 이르기까지 전부 알려진 소식'을 의미하게 됐다.

◦ 동네방네 | 온 동네. 또는 이 동네 저 동네.

# 뒤풀이

"풍류랑은 풍류랑끼리 몰려가서
멋에 질려서 건들거리며 놀고
주객은 주객끼리 몰려 앉아서
술 뒤풀이를 하며 지껄이고……"

**- 이인직,《모란봉》**

예문에서 풍류랑은 풍치 있고 멋진 젊은 남자, 주객은 술꾼을 이르는 말이니, 예나 지금이나 끼리끼리 어울려 놀았음을 알 수 있다. 그런데 '뒤풀이'란 어디서 비롯된 말일까?

'뒤풀이'는 뒷전풀이의 와전이다. 뒷전풀이는 원래 무속(巫俗) 용어였다. 굿을 다 끝낸 무당이 평복으로 갈아입고 여러 신을 배웅하는 절차를 일컫는 말이었는데, 이것이 '마무리'를 의미하는 속어로 변했다. 농악이나 탈춤 따위 놀이 뒤에 구경꾼들과 함께 춤을 추거나 즐기는 일도 뒤풀이라고 말했으며, 근대에 이르러서는 행사 끝난 후 참여한 사람들이 친목을 다지기 위해 갖는 모임을 가리키게 됐다.

◦ 뒤풀이 | 어떤 일을 끝낸 뒤에 서로 모여 여흥을 즐기는 일.

# 들통나다

"어제 하루 자신의 부재가 어느 누구의 눈에도
들통나지 않았다는 사실의 확인은……"
- 이동하, 《도시의 늪》

"들통나 봤자 별것 아닐 테지만……"
- 송하춘, 《청량리역》

'들통나다'라는 관용어에서 '들통'은 반달 모양으로 만들어 붙인 손잡이가 양옆에 달린 통을 가리키는 말이다. 예전에는 무언가를 감출 때 들통 밑에 숨겨두곤 했는데, 나중에 우연히 혹은 찾는 과정에서 들통을 들어내면 그 자리에 숨긴 물건이 그대로 드러나므로 '들통나다'라는 말이 생겼다.

거짓말한 아이는 들통나면 울음을 터뜨리고, 부정한 과거가 들통난 연예인은 팬들에게 외면받으며, 가짜 한우를 파는 정육업자는 들통나면 벌금을 내야 한다. 신춘문예에 당선됐으나 표절을 한 사실이 들통나 수상이 취소된 사례도 있다.

◦ 들통나다 | 숨기거나 감추었던 일이 밝혀져 밖으로 알려지다.

# 등골이 서늘하다
# 등골 빨아먹다

"열 사내의 등골을 수없이 빨아먹었을 테니
그런 죄악이 없지 않으냐."

**- 이기영, 《고향》**

"검사의 차고 냉랭한 목소리가
등골을 서늘하게 했다."

**- 홍성암, 《큰물로 가는 큰 고기》**

'등골'은 척추를 이루는 뼈 및 척추관 속에 있는 중추신경계통의 부분을 이르는 말이다. 후자의 경우 척수(脊髓) 혹은 골수(骨髓)라고도 한다. 중추신경계통의 위쪽은 머리뼈안의 숨뇌로 이어지고 아래쪽 끝은 대개 둘째 허리뼈 높이에서 끝난다. 그만큼 중요하고 필수인 부분이기에, 누군가의 재물을 하나도 남기지 않고 모조리 빼내는 걸 가리켜 '등골 빼먹다', '등골 빨아먹다', '등골을 뽑다', '등골을 우리다' 등으로 말하게 됐다. 그만큼 몹쓸 짓임을 강조한 표현이다. 어떤 일을 심하게 당한 입장에서는 '골수에 맺히다', '골수에 사무치다'라고 말할 수 있다. 원한이나 고통 따위가 뼛속에 파고들 정도로 깊고 강하다는 뜻이다.

두렵고 무서운 상황에 부닥쳤을 때는 흔히 '등골이 서늘하다', '등골이 오싹하다'라고 말한다. 이는 과학에서 나온 말이다. 갑자기 충격을 받으면 인체의 교감신경은 긴장해서 아드레날린 호르몬을 대량으로 분비한다. 이때 피부혈관이 수축하면서 우리는 추위를 느끼게 되는데, 손으로 보호할 수 있는 가슴 및 배와 달리, 손이 닿지 않는 등은 무방비 상태라서 더 심한 한기를 느끼게 된다. 이에 연유하여 '등골이 서늘하다'라는 말이 생겼다.

컴컴한 동굴이나 아무도 살지 않는 폐가에 혼자 들어가면 등골이 서늘하고, 공포영화를 볼 때도 등골이 오싹하다.

---

◦ 등골 빨아먹다 | 재산 따위를 착취하거나 농락하여 빼앗다.

◦ 등골이 서늘하다 | 두려움으로 인해 등골에 찬기가 느껴질 정도로 으스스하다.

# 등쳐먹다

"은군자의 주름을 잡고 앉아서
남의 등쳐먹기로 장안에 유명짜한 년이라니까."
- **염상섭, 《삼대》**

음식을 잘못 먹고 고생할 때 등을 쳐 주면 먹은 것을 게워 내게 된다. 또, 배고파 굶주린 사람이 큰 고깃점을 먹고 있는 이를 보고 달려가, 엎어 놓고 그의 등을 두드린다면 먹던 사람은 고깃점을 어쩔 수 없이 뱉어 내게 될 것이다. 뱉어 낸 고깃점을 게걸스럽게 먹는 행동을 가리켜 '등쳐먹는다'라고 한다. 이에 연유하여 남의 재물을 탐내어 교활한 방법으로 빼앗는 것도 '등쳐먹는다', 줄여서 '등치다'라고 표현한다.

폭력배들은 선량한 상인들을 등쳐먹고, 탐욕스러운 사업가나 부패한 관리는 비리로 국민을 등치고 있으니, 그야말로 더럽고 좀스러운 행위라고 말할 수 있다.

◦ 등쳐먹다 | 위협하거나 속여 재물 따위를 빼앗아 차지하다.

## 딴전을 보다
## 딴청 피우다

"그는 딴전을 부렸다.
처음 만난 사람을 보고 술 이야기만
꺼내는 것이 이상했다."

- **염상섭, 《표본실의 청개구리》**

"사내는 능글맞은 웃음을 머금은 채
딴청을 피워 댔다."

- **김원일, 《어둠의 축제》**

옛날에는 물건을 늘어놓고 파는 가게를 전(廛)이라 했다. 예를 들면 쌀과 곡식을 파는 가게는 싸전, 해산물을 파는 가게는 어물전, 소를 사고파는 시장은 쇠전이라고 불렀다. 보통은 한곳에 전을 벌여놓고 손님을 기다리는데, 벌여놓은 자기 전이 있음에도 다른 곳에 가게를 펼치거나 혹은 잠시 남의 장사를 봐주느라 자리를 옮기는 일이 있었다. 이럴 때 한눈파느라 손님을 제대로 응대하지 못하는 일도 생겼는데, 눈앞에 닥친 일과 관계없는 일을 하고 있을 때 '딴전을 벌이다'라고 말하게 됐다.

'딴전'은 '다른 전'의 줄임말이고, 손님 입장에서 보면, 상인이 딴전을 벌이는 일은 엉뚱한 짓이나 다름없다. 또한 때로는 반대로 상인이 마음에 들지 않는 손님에게 딴전을 보는 것처럼 일부러 상대해 주지 않는 일도 있었다. 이렇게 '딴전을 보다', '딴전을 부리다', '딴전을 피우다'라는 말이 생겼다. 딴전은 후에 딴청으로 와전되기도 했으며, 하여 '딴청 피우다', '딴청을 쓰다', '딴청을 붙이다', '딴청을 하다' 따위의 관용어도 같은 의미로 썼다. '딴전'과 '딴청'은 현재 모두 표준어다.

'명태 한 마리 놓고 딴전 본다'라는 속담은 본래 일과는 전혀 상관없는 일을 하고 있다는 뜻이고, '딴전(딴청)'이란 말은 공연히 알면서 애써 모르는 척 딴짓하고 있을 때 쓴다.

---

◦ 딴전 | 어떤 일을 하는 데 그 일과는 전혀 관계없는 일이나 행동.

---

# 땅거미

"밖에는 땅거미가
묽은 안개 퍼지듯 내리고 있었다."
- 조정래, 《태백산맥》

흔히 해가 져서 하늘이 어둑어둑해지면 "땅거미가 진다"거나 "땅거미가 내려온다"라고 말한다. 땅거미가 무엇이길래 그렇게 말하는 것일까?

여기서 땅거미는 거미목 땅거밋과에 속하는 거미를 가리키는 말이 아니다. 거미줄을 뽑아내어 날벌레를 잡아먹는 곤충 거미와는 아무 관련이 없다. 날씨와 관련된 '땅거미'는 '땅+검+이'의 합성어다. 즉, 땅이 검어지는 것을 일컫는 말이다. 해가 지면 어두워져 땅이 검어지므로 '땅거미'는 해가 진 뒤 어스름을 뜻하는 말로 쓰였다. 일반적으로 뉘엿뉘엿 땅거미가 깔리는가 싶다가 어느 사이에 어두워진다.

◦ 땅거미 | 해가 진 뒤 완전히 어두워지기 전까지의 어스름.

## 무일푼 푼돈 땡전

"주머니에 땡전 한 푼 없는 자의
고민이란 몇 푼의 돈에 의해
먼지가 될 수밖에……."
- **박완서, 《오만과 몽상》**

"아이들 그릇은 그릇 장수가 올 때마다
푼돈을 쪼개 주면서 월부로 들여놓은 것."
- **이정환, 《샛강》**

돈이 없음을 강조할 때 '땡전' 혹은 '푼돈'이란 말을 쓴다. 땡전은 무슨 뜻이고, 푼돈과는 무엇이 다를까? '동전'을 장난스레 발음한 것으로 여기는 사람도 있지만, 그렇지 않다.

'땡전'은 화폐 명칭에서 비롯된 속어다. 조선 말엽 흥선대원군은 경복궁을 재건하기 위해 고종 3년(1866)에 당백전, 당오전 등을 대량으로 발행했다. 그로 인해 화폐가치가 갑작스레 큰 폭으로 떨어졌고 경제 질서가 엉망이 됐는데, 이때 다소 비웃음 섞인 뜻으로 당오전을 '땡전'으로 불렀다. 당시 화폐 중에서 최소 단위는 '푼'이었는데, 흔해 빠진 당오전 하나 없다는 뜻에서 '땡전 한 푼 없다'고 말한 것이다.

'푼돈'은 화폐의 최소 단위 푼(分)과 관련 있다. 엽전 하나를 이르는 '한 푼'은 주조에 사용된 구리 한 푼의 중량을 가리켰으며, 한 냥은 100푼에 해당하는 큰돈이었다. 18세기 중엽의 화폐가치를 살펴보면 주막에서의 한 끼 식사는 서 푼, 한양에서의 한 달 하숙비는 다섯 냥, 갓은 한 냥이었다. 또한 조선 시대에 사용된 화폐는 주로 한 푼짜리였으며 여기에서 '푼돈(적은 액수의 돈)'과 '무일푼(돈이 한 푼도 없음)'이라는 말이 나왔다.

노름으로 재산 다 털어먹고 땡전 한 푼 없는 벌거숭이가 된 사람이 있는가 하면, 푼돈을 모은 돼지 저금통을 털어 불우한 이웃을 돕는 어린이도 있고, 무일푼으로 자수성가한 사람도 있으니, 인생은 각자 하기 나름인 모양이다.

◦ 땡전 | 아주 적은 돈.

◦ 푼돈 | 많지 아니한 몇 푼의 돈.

# 떡두꺼비

"만삭 때 유난히 배가 불렀던
마련해서는(상태로 봐서는)
떡두꺼비 같은 아들이어야 하는데
아기는 유난히 작았다."
- 박완서, 《도시의 흉년》

아들 선호가 강했던 시절, 임산부에게 얻고 싶은 자식의 성별을 물으면 "떡두꺼비 같은 아들을 낳고 싶다"라고 대답하는 것을 종종 들을 수 있었다. 그런데 왜 하필이면 못생긴 '두꺼비', 그것도 '떡두꺼비'라는 표현을 쓰는 것일까?

이에 대한 답은 두꺼비가 복(福)의 상징이라는 데서 출발한다. 일반적으로 두꺼비는 파리를 잡아먹고 사는데, 파리는 부잣집이라야 와글와글하다. 가난한 집에는 파리도 제 먹을 것이 없으므로 있을 턱이 없다 그러므로 두꺼비도 파리가 많은 부잣집에 들 수밖에 없다. '떡'은 '떡 벌어진 어깨'의 경우처럼 '크게 벌어진 모양'을 가리키는 부사로, '떡두꺼비'는 커다란 두꺼비를 일컫는다. 이렇게 '떡두꺼비'는 부잣집 아들처럼 운수 좋은 아기를 상징하게 됐다.

주로 '떡두꺼비처럼', '떡두꺼비 같은' 꼴로, 복스럽고 탐스럽게 생긴 갓 태어난 사내아이를 이르는 말로 쓴다. 요즘은 딸을 바라는 사람도 많아졌기에 예전만큼 흔히 사용하지는 않는다.

황소 모양의 금붙이를 선물하거나 소장하는 일이 행운을 기원하는 농경문화의 산물이듯, 황금으로 만든 두꺼비 장식은 아들의 무병장수를 바라는 마음을 담은 상징이다.

◦ 떡두꺼비 | 갓난 건장한 사내아이를 비유적으로 이르는 말.

# 떵떵거리고 살다

"이놈들아, 너희들 아비는 몽땅 만석꾼이더냐.
만석꾼도 그렇지, 경찰에서 치안을 유지하고,
사상범을 취체하고 있으니까
떵떵거리고 사는 거지……."

- 서기원, 《마록열전》

권세나 재산이 넉넉하여 남부럽지 않게 잘사는 형편을 일러 '떵떵거리고 산다'라고 표현한다. '떵떵'은 딴딴한 물건이 잇달아 세게 부딪칠 때 울려 나는 소리를 말한다. 그렇다면 무엇을 어떻게 부딪쳐 내는 소리일까?

여기서 '떵떵'은 많이 먹어 불룩 튀어나온 배를 두드리는 소리가 아니라, 민속 악기인 장구를 두들겨 내는 소리를 이르는 말이다. 조선 시대까지만 해도 경제적으로 여유가 있는 집에서는 흥겨운 장구 소리가 자주 들렸다. 소리꾼을 불러 판소리를 듣거나 잔치를 벌이며 장구 소리가 요란한 게 부잣집 풍경이었다. 이런 장구 소리를 듣는 사람들은 "떵떵거리는구먼" 혹은 "떵떵거리고 사네"라고 말했다. 이런 말은 부러움 반, 비아냥 반의 뜻을 나타냈는데, 시간이 흐르면서 그 풍습은 사라지고 표현만 남게 됐다. 요컨대 '떵떵'은 푸짐하게 먹을 것이 넘치는 잔칫집에서 나는 소리의 상징이었기에, 제법 잘사는 사람을 가리켜 '떵떵거리다'라고 이르게 됐다.

이 말은 일제강점기에 민족을 배반하고 친일한 대가로 많은 땅을 받은 친일파의 넉넉한 경제적 형편과 그와는 반대로 독립운동하느라 재산을 탕진하고 가난해진 사람의 처지를 비교할 때 종종 쓰이면서 관용어로 굳어졌다.

◦ 떵떵거리고 살다 | 권력이나 재물이 넉넉해서 남부럽지 않게 살다.

# 떼돈 벌다

"자네도 삼백 산업 한 모퉁이에 끼어 들었다기에
떼돈 번 줄 알았더니
여태껏 그것도 모르고 사업했나?"

**- 이문열, 《변경》**

예부터 강원도에는 건축재로 쓰기에 적합한 나무가 많았다. 서울까지 육로는 산이 많고 길도 험한지라 강원도 정선 아우라지에서 뗏목을 이용해 물길 따라 한양까지 운반했는데, 사실 그 일도 만만치 않았다. 동강(東江)에 거친 여울이 많아 사고 위험이 컸기 때문이다. 하여 뗏목꾼은 목숨을 건 채 벌목한 나무들을 운반해야 했고, 그 대가로 상당한 액수의 두둑한 수고비를 받았다. 이에 연유하여 '떼돈'이라는 말이 생겼다.

◦ 떼돈 | 엄청나게 많은 돈.

# 마누라

"시장에서 장사할 때 고생을 많이 한 말 없는
아가씨와 사귀게 되었는데 지금의 마누라다."
- 이철용, 《어둠의 자식들》

'마누라'는 마루 아래에 있는 사람이 마루 위에 있는 왕족 여인을 부르는 호칭 '마루하'에서 유래됐다. 한자로는 '말루하(抹樓下)'로 표기된 이 용어는 궁궐에서 쓰이다가 민간에 퍼지면서 '남의 집 여주인'을 높여 이르는 호칭으로 쓰였다.

조선 시대에 '대비 마노라', '선왕 마노라'처럼 궁궐에서 사용한 존칭어 '마노라'에서 비롯됐다는 설도 있다. 국왕, 대비, 세자, 세자빈 등과 같은 궁중의 높은 인물을 지시하는 데 쓰이다가 민간에 퍼졌다고 한다. 어느 설이든 조선 궁중에서 사용하던 말임은 분명하고, 조선 말엽에는 대갓집 마님을 가리켰으며 근대에는 민간인도 쓰게 됐다.

◦ 마누라 | 중년이 넘은 아내를 허물없이 이르는 말.

# 마당발

"강삼연 최고위원은 마당발이라는
별명이 붙을 정도로 정당 문화 사회 단체의 모임에
얼굴을 들이밀지 않는 데가 없었다."
- 김종성, 《수국이 있는 풍경》

대인 관계에 관한 비유로 일본은 얼굴을 강조하는 반면에, 우리는 주로 발을 쓴다. 교제 범위가 넓고 아는 사람이 많음을 표현할 때, 일본은 '얼굴이 넓다(顔が広い)'라고 말하고, 우리는 '발이 넓다' 혹은 '마당발'이라고 표현한다. 또, 사람과의 친분을 유지하고자 모임에 참석할 때, 일본은 '얼굴을 내밀다(顔をつなぐ)'라고 말하는데 우리는 '발을 디디다'라고 표현한다. 같은 맥락에서 모임과의 인연을 끊을 때는 '발을 빼다'라고 말한다.

이처럼 오늘날 우리 사회에서 '발이 넓다'라는 말은 '교우 관계가 폭넓다'라는 의미로 통하지만, 옛날에는 그다지 좋은 의미가 아니었다. 양반 사회에서 활동이 많은 사람은 부지런하기도 하지만 점잖지 못한 면도 함께 지닌 사람이라고 판단

되었기 때문이다. 사교성 좋은 사람을 일러 '마당발'이라 하는 것에서 짐작할 수 있듯, 사람을 많이 대하는 건 과거에는 마당쇠나 할 일이었다. '마당발'은 이런 관념에서 생긴 말이다. 본래 마당발은 '볼이 넓고 바닥이 평평한 발'이라는 뜻인데, 이렇듯 의미가 확장됐다. 이런 관념은 자고로 군자(君子)란, 많은 사람을 '얇게' 사귀는 게 아니라 한두 명일지라도 마음 맞는 사람을 '깊게' 사귀어야 한다고 생각한 것과 무관하지 않다.

오늘날에는 넓은 인맥이 필요한 사람들, 주로 정치계 및 사회단체에서 활동하는 이들이 마당발이란 별명을 많이 듣는다.

---

◦ 마당발 | 인간관계가 넓어서 폭넓게 활동하는 사람.

---

# 마련하다

"몇 푼짜리 무엇을 하게 될진 모르나
얼마간의 돈 마련은 해 놓아야 개운할 일이었다."
- 이문구, 《장한몽》

'마련'이라는 우리말은 '필요한 것을 준비하거나 헤아려 갖춤'이라는 뜻이다. 본래 '마련'은 놋쇠 그릇을 만들기 위해 선별한 구리쇠를 이르는 말이었다. 바꿔 말해 좋은 구리쇠를 골라 놓았다는 것은 이제 본격적으로 작업할 준비가 됐다는 뜻이다. 이에 연유하여 '마련'은 '준비하거나 헤아려 갖춤'이란 의미를 지니게 됐고, 주로 '마련하다'의 형태로 쓰였다.

잔치에서는 음식 마련이 가장 큰일이고, 자식이 대학에 합격하면 입학금을 마련해야 한다.

◦ 마련하다 | 헤아려서 갖추다.

# 맞장구

"오랜만에 고모도 입을 열어
가정을 가진 사람만이 갖는 재미를 이야기하고,
어머니도 은근히 맞장구를 놓았다."
- 윤흥길, 《장마》

'맞장구'라는 말은 국악기 '장구'와 관련해서 생겼다. 장구는 오른손에 긴 채를 들고 치면서 왼손으로는 두드리기에, 한자로는 장고(杖鼓)라고 한다. 풍물놀이할 때 둘이 마주 본 채 주거니 받거니 장구를 치는 일이 '맞장구'다. 맞장구는 서로 호흡이 잘 맞아야 소리의 어울림이 자연스럽고 듣기 좋다. 이러한 맞장구의 경우, 듣는 사람들은 절로 고개를 끄덕이며 맞장구 소리에 손뼉을 치면서 계속하라고 부추긴다. 이에 연유하여 남의 말에 동조하거나 잘한다고 추켜세움을 '맞장구 놓다' 혹은 '맞장구치다'라고 말하게 됐다. 오늘날 국어사전에는 '생각이 같아서 덩달아 호응하거나 동조하는 일'이라고 설명되어 있다.

◦ 맞장구 | 남의 말에 덩달아 호응하거나 동의하는 일.

# 모둠

"해장국뿐 아니라 수육과
일명 동그랑땡이라고 부르는 모둠전도
먹을 만하다."
- 윤대녕, 《어머니의 수저》

예전에 들에서 일하는 일꾼들은 아낙네들이 밥을 함지에 담아 가져오면 모두 함께 둘러앉아 모둠밥을 먹었고, 봄가을에는 친족들이 모여서 선산 무덤을 모둠벌초했다.

'모둠'은 '모으다'라는 뜻의 옛말 '모두다'에서 나온 말로, 한자어 組(짝이 될 조)나 영어 group(그룹)에 대응한다. 요컨대 한 무리가 되게끔 작은 단위로 모아 둔 것이 '모둠'이다. 학교에서 선생님이 학생들에게 여러 묶음으로 나눠 과제를 내줄 때, 대여섯 명 안팎으로 묶은 모임이 '모둠'이며, 음식 재료를 한 곳에 모아 내놓은 것 역시 '모둠'이다. '모둠 회', '모둠 안주', '모둠 찌개' 등이 옳은 표기고, '모듬 회', '모듬 안주', '모듬 찌개'는 틀린 표기다.

◦ 모둠 | 어떤 일을 함께하기 위하여 여러 사람이 모인 모임.

# 무녀리

"순평이 같은 그런 무녀리는 이따금 그렇게
혼이 나야만 사람이 돼 갈 것 같기도 했다."
- 이문구, 《장한몽》

'무녀리'란 말과 행동이 덜떨어진 못난 사람을 뜻하는 우리말이다. '문을 열고 나온 이'의 합성어 '문열이'가 어원이며, '문'은 자궁문(子宮門)을 의미한다. 본래 한 태에서 태어난 여러 마리 가운데 맨 먼저 나온 새끼를 가리키며, 한배의 다른 새끼들에 비해 유난히 작고 허약하다는 사실에서 이 말이 생겼다. 송기숙의 소설 《자랏골의 비가》에서 발췌한 다음 문장에서 무녀리의 개념을 확실히 알 수 있다.

"일곱 마리 중 이놈은 제대로 어미젖을 얻어먹지 못해 불강아지처럼 용렬한 꼴이어서 두 장도막 어미젖을 먹이긴 했으나, 워낙 못난 무녀리라 지금도 아직 제 꼴이 아니었다."

◦ 무녀리 | 말이나 행동이 좀 모자란 듯이 보이는 사람을 비유적으로 이르는 말.

## 발을 씻다

"기왕 내친걸음이니 다부지게 한탕 치고 나서
발을 씻겠다고 마음먹었다."
- 이철용, 《어둠의 자식들》

옛날 인도 승려는 하루 종일 경문을 외면서 마을을 돌아다니며 동냥하는 일이 일과였다. 당시 승려는 고행하는 사람이기에 신발을 신지 않고 맨발로 돌아다녔다. 사찰에 돌아오면 발은 땀과 먼지로 뒤범벅되어 그야말로 더러웠다. 이 더럽혀진 발을 깨끗이 씻는 일이 일과의 끝이었다. 이른바 '세족(洗足)'이다.

그런데 '발을 씻는' 일은 더러움을 없애는 행위로 인식되어, 나쁜 짓을 하다가 그것과 인연을 끊는 일의 비유로 쓰이게 됐다. 주로 좋지 않게 관계하던 일에서 완전히 물러날 때 '발을 씻다'라고 표현한다.

◦ 발을 씻다 | 사람이 일에서 완전히 물러나 관계를 끊다.

"설마른 곶감은 소화가 잘 되지 않는다.
그 후 얼마동안 파르티잔들은 악취가 심한 방귀를
번갈아 터뜨려 서로 코를 막는 소동을 빚었다."
- **이병주, 《지리산》**

# 방귀

"진(陳)나라에서 사람을 보내 수나라에 방문케 하였는데 수나라에서 후백(侯伯)으로 하여금 빈객을 응접하게 했다. 빈객은 후백을 미친한 사람이라 여기고 곁에 누워 방기(放氣)했다. 똥 냄새가 나는 기체 내뿜는 것을 '방기'라 하는 말은 여기서 유래됐다."

조선 후기 학자 조재삼이 《송남잡지》에서 밝힌 '방귀'의 어원이다. 방귀의 원말은 한자어 방기(放氣)로, 공기를 방출한다는 뜻이다. 한편, 수양대군이 세종의 명을 받아 훈민정음으로 편찬한 책 《석보상절》(1447)에 '방긔'라는 표현이 보인다. 그 후 방구, 방기, 방긔 등으로 불리다가 근대에 이르러 '방귀'가 표준어로 확정됐다.

◦ 방귀 | 인체의 항문으로 나오는 구린내 나는 무색 기체.

# 배포 있다

"배포가 두둑한 윤보였지만
왠지 월선을 다시 만난 것은 거북했다."
- **박경리, 《토지》**

'배포'란 '여유를 두고 마음에 품고 있는 생각'을 뜻하는 우리말이다. 국어사전에서는 배포의 한자를 排布 또는 排鋪로 표기하고 있지만, 이는 잘못된 표기다. 2002년 7월, 한말글연구회에서 발행한 《한말글 연구》 제7호에 따르면 '배포'의 '배'는 '배꼽', '배알', '배짱' 등의 '배'이고, '포'는 '엄포', '달포', '날포' 등의 '포'다.

요컨대 '배'는 인체의 배를 가리키고, '포'는 '해', '달', '날' 등의 말에 붙어 '얼마 동안'을 의미하므로, '배포'는 여러 날에 걸친 여유로운 배, 즉 '마음에 여유가 있거나 넉넉함'을 표현하는 말이라 할 수 있다. 흔히 "배포 있다", "배포가 크다", "배포 좋다", "배포가 두둑하다"의 형태로 쓴다.

◦ 배포 있다 | 매우 너그럽다. 포용력이 넓다. 용기 있다.

# 벼락감투

"사실 해방 후 벼락감투로
대학교수가 많이 나왔고
그 일을 하면 가장 든든하고 많은 수입을
얻을 수도 있었지만……"
- **마해송, 《아름다운 새벽》**

조선 시대 숙종 때 이관명은 어명에 따라 영남 지방 민심을 살핀 일이 있었다. 이관명은 암행어사로서 임무를 마친 후 돌아와 임금 앞에 엎드려 한 곳에 큰 문제가 있음을 아뢰었다. 통영 앞바다 작은 섬에 사는 백성들이 가혹한 세금으로 고통받는다는 내용이었다. 임금이 누구 소유의 섬이기에 그렇냐고 묻자, 이관명은 상감이 총애하는 후궁의 것이라고 조심스레 고했다. 그 말에 숙종은 무척 불쾌한 표정을 지었고, 신하들은 모두 긴장한 채 두 사람을 지켜봤다.

잠시 긴장이 흐른 뒤, 숙종은 승지에게 전교를 받아쓰라며 이렇게 말했다.

"전 수의(繡衣) 이관명에게 부제학 벼슬을 내리노라."

'수의'는 정삼품 이하 당하관직 암행어사를 이르는 다른 명칭이고, '부제학'은 정삼품 당상관이므로 크게 승진한 것이다. 잘못 분부를 내린 것은 아닌가 싶어 승지가 국왕의 기색을 살피자, 숙종이 이어 말했다.

"부제학 이관명을, 다시 홍문제학으로 임명하노라."

파격은 여기서 끝나지 않았으니, 숙종은 홍문제학 이관명을 다시 호조판서로 임명했다. 그러면서 앞으로 더욱 자신의 허물을 깨우쳐 달라고 명했다. 사람들은 이처럼 파격적인 이관명의 출세를 '벼락감투'라고 부르며 부러워했으며, 이후 '벼락감투'는 갑작스럽게 얻은 높은 벼슬을 이르는 말로 쓰였다.

하지만 근대에 이르러 '벼락감투'는 아무 자격도 없는 사람이 갑작스레 벼슬을 얻었다는 의미의 놀림조 말로 바뀌었다. 대체로 연줄로 특정한 자리를 차지한 사람이 많았던 까닭이다.

---

◦ 벼락감투 | 갑작스럽게 얻은 높은 벼슬을 속되게 이르는 말.

---

## 벼슬아치 양아치

"백성이 없이 나라가 있을 수 없고
백성이 없이 벼슬아치가 있을 수 없고
백성이 없이 임금이 있을 수 없었다."

- **박종화, 《전야》**

"절 대로 절어 버린
양아치의 형상을 하고 있는 사내였다."

- **최인호, 《지구인》**

고려와 원나라 간의 교류가 활발해짐에 따라, 고려 왕실이나 관리 사이에서 몽골 풍속이 행해졌고, 점차 민간에도 퍼졌다. 당시 유행한 몽골 풍속으로는 변발, 호복, 족두리, 신부 얼굴의 연지, 남녀의 옷고름에 차는 장도(粧刀: 짧은 칼) 등이 있다.

'변발'은 머리 뒷부분만 남겨 놓고 나머지 부분을 깎아 뒤로 길게 땋아 늘인 머리를 가리키고, '호복'은 몽골족의 복장을 이르는 말이다. '족두리'는 몽골족 여인이 외출할 때 머리에 쓰는 고고(姑姑)에 영향을 받아 만든 모자다. 뺨에 연지를 찍는 풍습은 고구려에도 있었으나, 혼례 때 신부가 귀고리를 걸고 뺨에 연지를 찍는 의식은 고려 말엽에 생겼다.

홀치, 속고치, 조라치 등 관제에도 몽골식 용어가 많이 쓰였다. 몽골어에서 '-치'는 직업을 나타내는 접미사인데, 그 영향으로 벼슬아치, 장사치 따위 같이 '-아치'나 '-치'가 붙은 말이 민간에 많이 퍼졌다. '벼슬아치'는 관청에 나가서 나랏일을 맡아 하는 공무원을 이르는 말이고, '장사치'는 장사하는 사람을 얕잡아 이르는 말이다.

근대에 이르러서는 품행이 불량스러운 사람을 '양아치(洋--)'라고 불렀는데, 이는 '서양+아치'의 줄임말이었다. 우리나라의 문화와 관습을 무시하는 서양인이 막되게 보였던 까닭이다. 이렇게 양아치는 본래 서양인을 비하하는 말에서 점차 '서양인을 흉내 내고 다니는 젊은 사람'까지 포함해 지칭했으며, 나중에는 품행이 천박하고 못된 짓을 일삼는 사람을 가리켰다.

◦ 벼슬아치 | 관청에 나가서 나랏일을 맡아보는 사람.

◦ 양아치 | 품행이 천박하고 불량스러운 사람을 이르는 말.

"변죽만 울릴 것이 아니라
옥사에 떨어지든 원찬을 당하든 상도를 지켜
장사꾼이 대접을 받는 시절을 만들자……."

- 김주영, 《객주》

# 변죽 울리다

'변죽(을) 울리다'라는 말은 상대방에게 말하고자 하는 바를 간접적으로 깨닫게 한다는 뜻이다. 변죽이 무엇이기에 그럴까? 변죽은 그릇이나 물건의 가장자리를 이르는 말이다. 과녁의 가장자리도 변죽이라고 한다. 그런데 그릇의 가장자리를 두들기면 그 울림은 가운데로 전달되어 복판도 울린다. 바로 여기에서 '변죽을 울리다'라는 말이 나왔다. 직접 핵심을 찌르지는 않지만, 알아듣게끔 에둘러서 말하여 상대가 눈치채게 한다는 뜻이다. 이희승의 수필 《먹추의 말참견》에 아래와 같은 문장이 있다.

"대체로 그 초점을 때리지 않고 변죽을 울려서, 은근한 가운데 함축성 있는 표현을 주로 했다."

◦ 변죽(을) 울리다 | 직접 말을 하지 않고 둘러서 말을 하여 짐작하게 하다.

# 수라간 주방 부엌

"부엌에서는 송편을 찌는 시루에서
김이 무럭무럭 나고……."
- 염상섭, 《수절내기》

"부엌에서 덜컹거리는 고로
거기 있나 보다 그는 생각하였다."
- 김동인, 《약한 자의 슬픔》

'부엌'은 음식을 만들 수 있는 공간인데, 그 어원은 '브ᅀᅥᆸ'이다. 불섶. 즉 '불(火)'과 '섶(薪)'의 합성어인 브ᅀᅥᆸ은 '브ᅀᅥᆨ', '브억'을 거쳐 현대국어의 '부엌'으로 이어졌다. 불섶은 처음에 집을 지으면서 밥 짓는 곳에 불을 때기 위한 섶나무를 두었던 데서 연유한 말이다. '섶나무'는 잎이 붙어 있는 땔나무나 잡목의 잔가지와 잡풀 따위를 말린 땔나무 등을 통틀어 이르는 말이다.

발음만 변화한 게 아니라 의미에도 변화가 있어서 본래 '불을 때기 위한 나뭇단'을 가리켰다가 '불을 때는 아궁이'를 거쳐 '음식을 만드는 공간'을 뜻하게 됐고, 현대에는 요리는 물론 설거지까지 할 수 있는 곳으로 의미가 확대됐다. 집도 초기에는 부엌 중심의 방에서 점차 부엌과 방으로 분리되고, 나중에는 방이 많아지고 마루나 거실도 생겼다.

이에 비해 '주방(廚房)'이란 한자어는 궁궐에서 나온 말이다. 조선 시대 경복궁 자경전 아래에는 궁중 음식을 만드는 소주방(燒廚房)이 있었다. '불을 쓰는(燒) 부엌(廚) 방(房)'이란 뜻이며 줄여서 '주방'이라고도 불렀다. 대장금이 수라를 만들며 일했던 공간인 '주방'은 나중에 민간에서도 쓰는 말이 됐다.

'수라간'은 '수라(임금에게 올리는 밥)'를 준비하는 '공간', 즉 왕이 먹는 식사를 마련하는 곳'이란 뜻이다. '소주방'은 왕족을 위해 음식을 요리하는 곳이고, '수라간'은 '소주방에서 만든 음식을 법식에 맞춰 임금에게 올려보내는 곳'이다.

◦ 부엌 | 음식을 만들고 설거지를 하는 등 식사에 관련된 일을 하는 곳.

# 아니꼽다
# 비위에 거슬리다

"지주는 자기 비위에 맞지 않으면
소작을 떼어 옮겼다."

- **송기숙, 《암태도》**

"창애는 곧 화장실엘 가야 했다.
속이 아니꼬워 견딜 수가 없었다."

- **황순원, 《움직이는 성》**

'비위(脾胃)'란 글자 그대로 '비장(지라)'과 '위'를 가리킨다. '비위 좋다'라는 말은 비장과 위가 좋으므로 어떤 음식이든 잘 먹고 잘 소화한다는 뜻이다. '여간한 핀잔을 받고도 감정을 나타내지 않거나 참고 견디는 뱃심이 좋다'란 뜻으로도 쓰인다. 이와 반대로 굳이 먹고 싶지 않은 음식을 억지로 먹을 때는 위가 뒤집혀 역류하여 토할 가능성이 높다. 이에 연유하여 '비위에 거슬리다'라는 관용어는 '음식 맛이 식성에 맞지 아니하다'라는 뜻과 아울러 '남의 하는 짓이 아니꼽고 언짢다'라는 의미로도 쓰이게 됐다.

'아니꼽다'의 사전적 의미는 '밉살맞고 눈에 거슬리는 데가 있다'다. '아니꼽다'의 어원을 '안이 굽다' 즉 '장(臟)이 뒤틀리다'라고 풀이하는 민간어원설이 있지만, 실제는 그렇지 않다.

'아니꼽다'는 본래 조선 시대 궁중어로서 '(기운이) 좋지 않다'라는 뜻으로 쓰였다. 1677년에 편찬된 《박통사언해》에 그 어원인 '아닛곱다'가 보인다. 조선 시대에는 주로 '긔온(기운)'과 어울려 '긔운 아니고와 가니 지극 근심하노라'의 사례처럼 쓰였다. '기운이 좋지 않으니 지극히 마음이 불안하노라'라는 뜻이다. 그러므로 '아니꼽다'의 본래 의미는 '좋지 않다', '곱지 않다'인 것이다. 이 '아닛곱다'가 '아닉곱다'를 거쳐 '아니꼽다'로 변했다. 여기에 부정의 의미가 강해져 '몹시 불쾌하다', '비위가 뒤집힐 듯 눈에 거슬리다'로 바뀌었다.

◦ 비위에 거슬리다 | 남의 하는 짓이 아니꼽고 언짢다.

◦ 아니꼽다 | 하는 말이나 행동이 눈에 거슬려 불쾌하다.

# 키스 입맞춤 뽀뽀

"당신을 기다렸노라고 속삭이며
뽀뽀를……."
- **김영희, 《아이를 잘 만드는 여자》**

"가화를 껴안고 메마른 입술에
입맞춤했을 때 기훈의 눈에 눈물이 흘렀다."
- **박경리, 《시장과 전장》**

"그리고 퍼붓듯 하는 뜨거운 키스!"
- **심훈, 《영원의 미소》**

두 사람이 입 맞추는 행위를 가리키는 단어 '뽀뽀', '입맞춤', '키스' 중에서 어느 표현이 먼저 사용됐을까?

결론부터 말하자면, '입맞춤'이다. 1690년에 사역원에서 간행한 중국어 어휘사전 《역어유해》에서 입 맞출 침(唚)에 주둥이 취(嘴) 자로 이뤄진 '침취(唚嘴)'를 '입 마초다'라고 설명한 사실을 확인할 수 있다. 몽골어 학습서 《몽어유해》(1768)와 5개 언어 대역 어휘집 《방언집석》(1778)에서는 가까이할 친(親)에 주둥이 취(嘴) 자로 구성된 친취(親嘴)를 '입 마초다'라고 풀이했다. 《한영자전》(1897)에서는 '입 맛초다(接吻, to kiss; to touch the lips)'라고 적었다. 입맞춤에 해당하는 한자어 접문(接吻)은 '입술(吻)로 사귐(接)'이란 뜻이니, 입술끼리의 만남을 재미있게 표현한 말이다.

입맞춤에 이어 우리 사회에서는 영어 단어 '키스(kiss)'가 '뽀뽀'란 말보다 먼저 사용됐다. 나도향 소설 〈젊은이의 시절〉(1922)에 키스가 처음 등장했고, 이광수 소설 《흙》(1932)과 심훈 소설 《영원의 미소》(1933)에서도 키스라는 말이 쓰였다.

'뽀뽀'란 표기는 1930년대에 등장했다. 김유정은 1933년에 발표한 〈산골나그네〉에서 '입이나 좀 맞추고 뽀! 뽀! 뽀!'라는 문장을 통해 입 맞출 때 나는 소리를 '뽀'라고 표현했으며, 1939년 소설 〈애기〉에서 입술을 쭉 내밀고 입 맞추는 소리 '뽀'를 겹친 말 '뽀뽀'를 다음 문장에 썼다.

> "우리 아가야, 하고 그를 얼싸안으며 뺨도 문대고 뽀뽀도 하고 할 수 있는, 그런 큰 행복과 아울러 의무를 우리는 흠씬 즐길 수 있는 것입니다."

이후에 이희승이 편찬한 《국어대사전》(1961)에 '입맞춤을 귀엽게 일컫는 말'의 뜻으로 '뽀뽀'가 등재됐다.

- 뽀뽀 | 볼이나 입술 따위에 입을 맞춤.
- 입맞춤 | 성애의 표현으로 상대의 입에 자기 입을 댐.
- 키스 | 성애의 표현으로 상대의 입에 자기 입을 맞춤.

# 연애
# 사랑

"두웅둥둥 내 사랑, 어허 둥둥 내 사랑."

- 한무숙, 《돌》

"상대가 여성이요
그리고 연일 밤을 새워 가며 편지를 쓴다면,
두말없이 다들 연애라고 이렇게 단정하리라."

- 김유정, 《생의 반려》

누군가와 연애할 때면 흔히 사랑한다고 말한다. 대체로 '사랑하다'라는 말을 '좋아하다'라는 말보다 더 강한 애정 표현으로 생각하는데, 때로는 그런 점 때문에 사랑이라는 말을 아끼기도 한다. '사랑'의 진짜 의미는 무엇일까?

우리말 '사랑'의 어원은 '헤아려 생각하다'란 뜻의 한자어 '사량(思量)'이다. 상대방을 얼마나 생각하고 있느냐의 깊이와 무게가 곧 사랑이었다. 인(仁)과 자비(慈悲)는 동양의 대표적 '사랑' 정신이다.

한편 사랑이라고 하면 흔히 '연애'를 떠올리게 된다. '연애'의 뜻은 무엇일까? '연애'라는 말은 일본인이 만들었다. 1890년에 평론가 이와모토 요시하루는 발자크의 장편소설 《골짜기의 백합》 번역본을 평가하면서 'fall in love with'에 대응하는 말로 '연애(戀愛)'라는 말을 처음 사용했다. '서로 그리워하고(戀) 사랑하는(愛) 마음'이라는 뜻으로 번역한 것이다. 그리고 당시 소설가 기타무라 도코쿠가 연애라는 말을 적극적으로 사용하면서 일본에 널리 퍼졌다. 기타무라는 한 잡지에 연애의 의미를 다음과 같이 풀어 썼다.

> "연애는 인생의 비밀을 풀어주는 열쇠, 연애가 있은 다음에 인생이 있을 것이며, 연애가 사라진다면 인생에 무슨 뜻이 있으리."

당시에는 매우 충격적인 표현이었으며, 젊은이들의 큰 호응을 얻었다. 우리나라에서는 그 무렵 일본에 유학 중인 나혜석이 처음 연애라는 말을 사용했고, 이광수가 자신의 소설에 자주 사용함으로써 대중화됐다. 오늘날 '연애'란 사랑의 일부분으로 '남녀가 서로 그리워하며 생각하는 마음 상태'를 의미한다.

---

◦ 사랑 | 다른 사람을 자신처럼 소중하게 생각하는 마음.

◦ 연애 | 남녀가 서로 애틋하게 그리워하고 사랑함.

## 살림 세간

"그 사람네 집안 살림 좀 펴 가더니
그런 불상사를 당해 말이 아니라고……"

- 황순원, 《별과 같이 살다》

"사람들이 집과 세간을 버리고
깊은 산중에 숨어 화전을 일구고 살았다."

- 한무숙, 《만남》

'살림'은 불교 용어 산림(山林)에서 나왔다. 본래 사찰의 재산 관리를 의미하는 말인데, 점차 여염집 재산을 관리하고 생활하는 일까지를 가리키게 됐다. '살림'은 '한 집안을 이루어 살아가는 일'이나 '집 안에서 주로 쓰는 세간'을 이르며, "살림이 형편없다", "살림이 궁색하다", "살림이 폈다" 처럼 집안의 현재 상태를 일러주는 말로 쓰인다.

이에 비해 '세간'은 집안 살림에 쓰는 온갖 물건을 이르는 말이다. 《번역소학》(1518)에 '셰간'의 형태로 처음 나타나며, 당시에는 '재산'이나 '살림'의 의미로도 쓰였으나 19세기 이후에는 살림에 쓰는 온갖 물건만을 뜻하게 됐다.

◦ 살림 | 한집안을 이루어 살아가는 일. 집 안에서 주로 쓰는 세간.

◦ 세간 | 집안 살림에 쓰는 온갖 물건.

# 살판나다

"간밤 꿈자리가 사납더라니,
무슨 살판났다고 장터엘 갔었나."
- 서기원, 《마록열전》

'살판나다'라는 말은 두 가지 의미를 지닌다. 하나는 '좋은 일이나 재물이 생겨 살기가 넉넉해지다'이고, 다른 하나는 '기를 펴고 살 수 있게 되다'라는 뜻이다.

'살판나다'가 위와 같은 의미로 쓰이는 것은 남사당패의 '살판'과 관련이 있다. 원래 '살판'은 남사당놀이의 세 번째 놀이인 땅재주 놀음을 이르는 말이었다. 살판은 어릿광대와 꾼이 재담을 주고받으며 서로 땅재주를 부리는 놀이로 익살이 넘친다. 한 손 짚고 공중회전을 하는가 하면 손을 짚지 않고도 공중회전하고 거꾸로 걸어가는 등 보는 재미를 준다. 그야말로 자유롭고 거칠 것 없이 마음껏 재주를 부린다. 아슬아슬한 묘기여서 "잘하면 살 판이요, 못하면 죽을 판"이라는 말이 생겼고, 여기에서 '살판'이라는 명칭이 나왔다.

재주꾼들이 흥 넘치는 살판을 벌이면 분위기가 달궈지고

구경꾼들은 매우 흥겨워했다. 그러하기에 '살판나다'라는 말은 민간에서 '기를 펴고 살 수 있게 되다'라는 뜻으로도 쓰였고, '좋은 일이나 재물이 생겨 생활이 좋아지다'라는 의미로도 쓰이게 됐다.

성적이 아슬아슬한 수험생은 대학 시험 합격이 확정되면 살판난 것처럼 돌아다니기 일쑤고, 어렵사리 사업에 성공한 사람은 살판났다며 필요한 데 돈을 쓸 것이다.

◦ 살판나다 | 1. 재물이나 좋은 일이 생겨 생활이 좋아지다.

2. 기를 펴고 살 수 있게 되다.

# 설레발치다
# 호들갑 떨다

"과천댁은 본디 수다스러운 성격인 듯
용배 손을 잡고 설레발이 요란스러웠다."

- 송기숙, 《녹두장군》

"거짓 웃음, 가식의 호들갑, 의도적인 새침함은
그녀의 현재의 삶을 꾸려 가기 위한
수단일 뿐이다."

- 김원우, 《짐승의 시간》

'설레발치다'의 '설레발'은 '그리마'를 이르는 말이다. 그리마는 지네와 같은 절지동물로 몸에 많은 마디와 여러 쌍의 다리가 있고, 머리에는 긴 더듬이가 있다. 그리마는 지역에 따라 발지네, 설렁벌레, 설설이, 신발이 등으로 불렸으며, '돈벌레'라고 불리기도 했다. 대다수가 가난했던 시절, 따뜻한 온기가 나오는 방구석에서 종종 볼 수 있었던 데서 비롯된 별명이다. 방이 따뜻해서 그리마가 나올 정도면 비교적 잘사는 집인 까닭이다.

그리고 설설이의 발처럼 설설 기어가는 여러 개로 된 발을 '설레발'이라고 했으며, 지나치게 서둘러대며 부산하게 구는 짓을 '설레발치다'라고 말했다. 많은 발을 바삐 움직이며 이동하는 설설이의 몹시 부산해 보이는 행동에 비유하여, 사람이 가벼이 나대며 소란을 떨거나 말을 많이 하는 사람을 두고 설레발을 친다고 말하게 된 것이다.

설레발과 비슷한 말로 '가볍고 방정맞게 야단을 피우는 말이나 행동'을 뜻하는 '호들갑'이 있다. 우리말 '호들호들'은 '작은 팔다리나 몸이 가냘프게 자꾸 떨리는 모양'을 이르는 의태어인데, 여기에 육갑(六甲)의 갑이 붙어 '호들갑'이란 말이 생겼다. 호들호들 육갑을 떨다, 즉 몸을 흔들며 돋보이게 하려는 몸짓이 참으로 경망스럽다는 뜻이다. 호들호들 자체가 떨리는 모양인데 거기에 몸이 빠르게 흔들리는 걸 이르는 '떨다'가 더해졌으니 호들갑 떨 때의 부산스러움은 어디에 비할 데가 없다.

설레발을 치든 호들갑을 떨든 그걸 보는 사람은 정신이 사납다. 두 관용어는 주로 상대를 가볍게 나무라거나 주의를 줄 때 쓴다.

---

◦ 설레발 | 몹시 서두르며 부산하게 구는 행동.

◦ 호들갑 | 경망스럽고 야단스러운 말이나 행동.

# 성을 갈다

"내가 여기서 구문(口文)을
한 푼이나마 얻어먹었다면 참이지 성을 갈겠다."
- **김유정, 《가을》**

자기 말이 사실임을 강조할 때, "거짓말이면 내 성을 간다"라고 장담할 때가 있다. 또 부끄러운 일을 한 사람에게 "네 성을 갈아라"라고 비난하기도 한다. 성을 바꾸는 일이 심한 욕이 되기에 생긴 말인데, 그러면 왜 성을 가는 것이 큰 욕이 될까?

'성을 갈다'라는 말의 유래는 나라의 흥망과 관계가 있다. 예부터 중국에서는 '역성(易姓)'이 혁명을 뜻했다. 기존의 나라를 뒤엎고 새로운 나라를 세웠을 때 가장 상징적으로 권력자의 성(姓)과 이름이 바뀌었기 때문이다. '역성'은 '성(姓)을 바꿈'을 뜻하는 말이다.

중국의 영향을 받아 우리나라에서도 정권이 바뀐 사건을 역성혁명이라고 말했다. 김(金) 씨 혈맥인 신라 왕조를 무너뜨린 고려 건국자는 왕(王) 씨였고, 고려를 멸망시키고 조선 왕조를 세운 태조는 이(李) 씨였다.

그런데 나라가 바뀌는 시기에 새 권력자는 기존 왕족을 죽이기 일쑤였기에, 기존 왕족은 성을 바꾸며 숨어 살아야 했다. 예컨대 왕(王) 씨는 조선시대에 전(全) 씨, 옥(玉) 씨 따위로 성씨를 살짝 바꾸어 살았다. 이런 역사적 배경으로 성을 가는 것은 '절망적 패배'를 인정하는 말로 통했으며, 나아가 치욕스러운 일로 여겨졌다. 부모로부터 물려받은 성을 바꿈은 무척 부끄러운 일인 까닭이다. 오늘날 '성을 갈다'는 말이 수치스러운 일이나 망신의 뜻으로 쓰이는 것도 이 때문이다.

◦ 성을 갈다 | 어떤 일을 다시는 하지 않겠다고 맹세하거나 어떤 것을 장담하다.

## 소갈머리 소갈딱지

"허여멀끔한 얼굴에 때꾼한 두 눈이 첫눈에도 소갈머리 좁은 그야말로 젊은 서생으로밖에 보이지 않았다."

- **이호철, 《문》**

"너도 밴댕이만큼이라도 소갈딱지라는 게 있으면 생각 좀 해봐라."

- **박완서, 《미망》**

'소갈머리'는 마음속에 가진 생각을 얕잡아 이르는 말이다. 누군가 옹졸하게 굴 때, 생각이 얕거나 짧음을 비난하는 말로 쓴다. '소갈딱지'라고도 말하며, 아주 좁고 얕은 마음 씀씀이를 강조할 때는 '밴댕이 소갈머리(소갈딱지)'라고 말한다.

소갈머리의 어원은 일이나 물건을 보고 느끼는 생각이나 의견을 의미하는 '소견(所見)'이다. 소견을 속되게 '소견머리'라고 말했는데, 이 말에서 소갈머리, 소갈딱지, 소갈찌라는 낱말이 나왔다. 모두 같은 뜻이다.

◦ 소갈머리 | 마음이나 마음속에 가진 생각을 낮잡아 이르는 말.

# 수리수리 마수리

"마술쇼 공연이나 영화를 보면
마술사가 마술이 잘 되길 바라면서
'수리수리 마수리...' 하고
주문을 외치는 장면을 본 적이 있을 것이다."
- 〈아주경제〉(2019. 7. 25.)

'수리수리 마하수리 수수리 사바하'란 본래 사찰에서 모든 의식에 사용되는 경전인 《천수경》에 나오는 말이다. 산스크리트어를 소리 나는 대로 적은 것이며, 스님들이 경전을 읽기 전에 입을 깨끗이 하기 위해 외우는 주문이다.

보다 구체적으로 '수리'는 '길상존(吉祥尊: 길한 존재)'이라는 뜻이고, '마하'는 '위대함'이라는 뜻이다. 그러므로 '마하수리'는 '위대한 길상존'이라는 뜻이 된다. '수수리'는 '반드시', '사바하'는 '성취(成就)'를 의미한다. 따라서 이 주문의 뜻은 '길상존 길상존 위대한 길상존이여 반드시 성취하소서'란 뜻이 된다. '위대한 깨달음을 얻어 부처가 되기를 바라나니 원하는 바 이루어지게 하소서'라는 의미다.

이 말을 세 번 연거푸 외우면 입으로 짓는 모든 잘못을 깨끗하게 씻어낼 수 있다고 하여 스님과 불자들은 천수경을 읽기에 앞서 이 주문을 반복한다. 요컨대 경전을 읽거나 불공을 드리는 불교 의식의 시작을 입부터 깨끗이 한다는 의미로 앞서 주문을 외운다.

그런데 세속에서는 뭔가 신기한 일을 보여주기 전에, 소원 성취와 더불어 신비함을 강조하기 위해 장난스럽게 이 주문을 외쳤고, 말이 축약되어 '수리수리 마수리'가 됐다. 한편 영어 아브라카다브라(abracadabra)는 마술사와 마법사가 사용하는 주문으로 수리수리 마수리와 같은 말이다.

◦ 수리수리 마수리 | 불경에서 유래된, 마술이나 마법을 부릴 때 외는 글귀.

# 시달리다

"밥맛이 뚝 떨어지고, 그렇지 않아도
여름의 더위에 시달려 쇠약해진 몸이
더욱 기운을 차리지 못하고 휘 휘둘렸다."
- 채만식, 《탁류》

옛날 인도 마가다국의 수도 왕사성 북쪽에 시타바나(Sitavana)라는 숲이 있었다. 중국 송나라 도성이 지은 《석씨요람》에 따르면, 그 숲은 서늘한 기운이 무척 강해서 사람들이 공동묘지로 사용했다. 그곳에 가는 자는 두려워서 차가운 기운을 느꼈으므로 '서늘한 숲(寒林)'이라는 별칭도 생겼다.

범어 시타바나를 음역(音譯)한 말은 시다림(尸陀林), 시타림(屍陀林), 서다림(逝多林)이다. 석가모니 제자로 출가한 소나는 시타바나에서 수행했고, 다른 이들도 악취와 서늘함을 견디며 고행했다. 이에 따라 시타바나는 불교도에게 무척 힘들고 고된 수행지로 여겨졌다.

그런데 우리나라에 와서는 그 뜻이 바뀌었으니, 신라 승려 원효는 사복(蛇福)의 어머니가 죽자, 시체 옆에서 "나지 말지어다, 죽음이 괴롭다. 죽지 말지어다, 남이 괴롭다"라고 말했던바, 이로부터 망자를 위한 설법을 '시다림'이라고 칭했다. 고려 시대에도 사람이 죽으면 삼일장(三日葬) 중 사망 첫날 시다림을 행하며 고인의 명복을 빌었다. 그런데 죽은 사람 몸을 씻긴 뒤 옷을 입히고 염포로 싸는 염습(殮襲) 이전까지의 시다림 밤샘 독경은 쉬운 일이 아니었다. 끊임없이 염불하는 승려도 힘들고, 어수선한 장례식장에서 그걸 듣는 사람들도 힘겨운 일이었다. 이에 연유하여 뭔가에 괴로움이나 성가심을 당하는 일을 '시달림' 혹은 '시달리다'라고 말하게 됐다.

오늘날에도 불가에서는 불교도가 눈을 감으면 시다림을 행한다. 승려가 장례식장에 와서 입관과 발인 때 염불로 혼령을 달래주는 일이다. 망자가 경전의 깊은 뜻을 깨달아 고통을 넘어 피안에 향할 수 있기를 기원하는 의식이다.

◦ 시달리다 | 괴로움이나 성가심을 당하다.

## 쑥밭 쑥대밭

"읍내를 공격하고 물러가던 빨치산의 대부대가
지리산으로 통하는 길목인 가실리 전체를
쑥대밭으로 만들어놓았다."
- 윤흥길, 《무지개는 언제 뜨는가》

예부터 쑥은 신비한 약효를 지닌 식물로 귀히 여겨졌다. 여름철에는 말린 쑥을 화롯불에 태워 모기를 쫓는 데 썼고, 단옷날에는 집에 귀신이 들어올 수 없도록 말린 쑥을 걸어 두었다.

쑥은 우리나라 곳곳의 양지바른 길가, 풀밭, 산과 들에서 매우 잘 자란다. 잘 자라는 모양이 워낙 인상적이어서 빠른 성장을 '쑥쑥 자라다'라고 표현했다. 쑥의 뿌리는 길고 굳세어 농경지나 주거지역을 침범하고 쉽게 퍼진다. 다른 작물이 자라기 힘들 정도로 쑥의 번식력은 강하다. 그래서 폐허 또는 황무지가 된 것을 일러 '쑥대밭'이라고 말하게 됐다. '쑥대밭이 되었다'란 쑥이 무성하게 자라 못 쓰는 땅이 되었다는 의미이며, 쑥대밭을 줄여서 '쑥밭'이라고도 말한다.

◦ 쑥대밭 | 불타거나 짓뭉개져서 폐허가 된 상태. 그러한 곳을 비유적으로 이르는 말.

# 아낙네 아주머니

"우물에서 물을 길어 오던 아낙네 하나가
얼김에 물동이를 떨어뜨리고 달려갔다."
- 한승원, 《해일》

"촌수가 어떻게 되는 아주머니던가.
한참 따져 봐야 알 수 있을 것 같다."
- 유주현, 《하오의 연가》

'아낙네'의 어원은 '안악'이다. '안악'은 본래 '집 안의 공간'을 뜻하는 우리말인데, 집 안에서 생활하는 사람이 대부분 여자였으므로 '결혼한 여성이 거처하는 곳'이라는 의미가 더해졌다. 그러다가 '집에 거주하는 사람'을 지칭하기에 이르렀다. 20세기 초만 하더라도 '안악'과 '아낙'은 같이 쓰였으며 '집 안', '집에서 생활하는 사람'을 가리켰다. 이후 '아낙', '아낙네'는 '집에 있는 사람'을 가볍게 이르는 동시에 '남의 집 부녀자'를 통속적으로 이르는 말로 쓰인다.

'아주머니'는 부모와 같은 항렬의 여자에 대한 호칭 '아ᄌᆞ미'에 어원을 두고 있다. '아ᄌᆞ미'는 '아ᄎᆞ(次)+어미(母)'라는 조어로 이뤄져 '작은어머니'를 가리켰고, 존칭 '씨'를 덧붙여 '아짐 씨'로 부르다가 '아주머니'로 정착됐다. 아주머니의 높임말은 '아주머님'이고, 낮춤말은 '아주미'이며, 줄여서 '아줌마'

라고 한다.

아주머니(아줌마)는 근대 들어서 부인네를 높여 정답게 부르는 말로 쓰였다. 신분 체제 붕괴에 따라 많은 사람과 접촉이 늘어나면서 친족 이외의 사람을 편의상 '아주머니'로 부르다가 그대로 굳어진 것이다. '아주머니 떡도 커야 사 먹는다'라는 속담은 아무리 친근한 사이라도 이익이 있어야 관계하게 됨을 비유할 때 쓰며, 아주머니에 대한 친근한 정서를 담고 있다. 하지만 요즘에는 결혼한 중년 여성을 낮추어 가리키는 말로 '아줌마'를 쓰는 사람도 적지 않다.

◦ 아낙네 | 남의 집 부녀자를 일상적으로 이르는 말.

◦ 아주머니 | 부인네를 높여 정답게 가리키거나 부르는 말.

# 아빠 아버지 ~의 아버지

"아버지를 아버지라 부를 수 있었던
감격스러움 때문에 강바람에 흔들리는
연초록빛의 물억새처럼
마음이 가벼워졌다."
- **문순태, 《타오르는 강》**

"갈릴레이는 자연 과학의
아버지라고 일컬어진다."
- **과학사**

'아버지'를 이르는 유아어 '아빠'는 아기들이 'ㅁ' 다음으로 잘 발음하는 '아' 혹은 '압'에 어원을 두고 있다. 일반적으로 아기들은 '아'보다는 '압'을 많이 발음하는데 이는 입을 벌렸다가 다물 때 침이 가득 고인 상태에서 나오는 소리다. 바꿔 말하면 침이 가득한 벌린 입을 본능적으로 침을 삼키려고 다물 때 생기는 소리가 '압'이다. 우리 조상은 이점을 고려해 아기에게 아버지의 존재를 '아바'로 가르쳤으며, '압아→아바→아빠'로 변화했다.

약간 차이가 있긴 하지만 다른 문화권에서도 비슷한 원리에서 아버지를 뜻하는 말이 만들어졌다. 영어 'papa(파파)', 몽골어 '아버'가 모두 그런 사례다. '아버지'는 '아바'에 사람을 지칭하는 토씨 '지'가 붙어 이뤄진 말이다. 이후 '아바지'

가 '아버지'로 바뀌었으며, 북한의 일부 지방에서는 아직도 '아바지'로 부르고 있다.

아버지는 자식을 낳은 어머니의 남편을 이르는 말이지만, 한편으로 어떤 일을 처음 이룬 사람을 뜻하기도 한다. 예컨대 독일 작곡가 바흐는 당시 유행하던 거의 모든 장르와 형식, 양식의 작품을 남겨 근대 음악을 발달시켰기에 '서양 음악의 아버지'라고 불린다. 망원경을 제작해 달과 목성 등의 행성을 관찰하는 등 큰 과학적 업적을 남긴 갈릴레이는 '자연 과학의 아버지'라고 불린다.

◦ 아버지 | 자녀를 둔 남자를 자식에 대한 관계로 이르거나 부르는 말.

## 아프다 편찮다

"돌부리를 차면 발부리만 아프다."

- 속담

"별일 있을 게 뭐냐고 큰소리 쳤으면서도
그들은 누구도 다 속으로
편찮게 여기고 있음이 분명했다."

- 윤흥길, 《제식 훈련 변천 약사》

의외로 많은 사람이 '아프다'와 '편찮다'를 혼동해 쓴다. 심지어 '편찮다'를 '아프다'의 높임말로 여기는 사람도 적지 않다. '아프다'와 '편찮다'는 '몸에 고통이 따르는 상태'를 표현한 용어지만, '아프다'의 높임말은 '아프시다', '편찮다'의 높임말은 '편찮으시다'다. 이런 오해를 풀려면 어원을 파악해야 한다.

'아프다'의 어원은 '알ᄑᆞ다'이고, 그 뜻은 '앓다'다. 다시 말해 '아프다'는 동사 '앓다'에서 파생된 형용사로 어떤 특정한 부위가 한동안 혹은 지속하여 고통스러운 상태임을 가리킨다. 예컨대 오래 걸으면 다리가 아프고, 망치질하다 잘못 내리치면 손가락이 아프고, 말을 많이 하면 입이 아프다. 따라서 '아프다'는 '몸의 어느 부분이 다치거나 자극받아 괴로움을 느끼다'라는 뜻이며, 어떤 일로 인해 정신적으로 괴로운 상태도 '아프다'고 말한다. "입시만 생각하면 골치가 아프다", "회원들 알력으로 머리가 아프다"처럼 쓴다. 첫 번째 예문은 쓸데없이 화를 내면 저만 해롭게 됨을 비유적으로 이르는 속담이다.

이에 비해 '편찮다'는 '편하지 아니하다'의 줄임말이다. 이 말이 '편치 않다'를 거쳐 '편찮다'로 줄어든 것이다. 몸이 아파서 편찮을 수 있고, 심기가 상해서 편찮을 수 있으며, 싫어하는 사람을 만나면 얼굴 마주 대하기가 편찮을 것이다. 최근 들어 '아프다'의 높임말로도 쓰지만, 특정한 부위가 아픔을 표현하는 데는 정확한 표현이 아니다. '아프다'가 어떤 부위의 구체적인 발병을 표현한 말이라면, '편찮다'는 몸 전체가 불편함을 나타낸 말이다.

◦아프다 | 몸의 어느 부분이 다치거나 자극을 받아 괴로움을 느끼다.

◦편찮다 | 몸이나 마음이 거북하거나 괴롭다.

## 안성맞춤
## 제격

"향군들을 동쪽 길목에다 포진시킨 것은
우선 화공(火攻)을 하기에는
안성맞춤인 것 같습니다."

- **김주영, 《활빈도》**

"이런 계절에는 외부의 소리보다
자기 안에서 들리는 그 소리에 귀 기울이는 게
제격이 아닐까."

- **법정, 《무소유》**

예로부터 경기도 안성(安城) 땅에서 만드는 유기(鍮器: 놋그릇)는 튼튼하고 질 좋기로 유명했다. 안성 놋그릇을 파는 방법에는 두 가지가 있었는데, 이미 만든 기성품을 장에 내다 파는 '장내기'와 주문을 받은 다음에 만드는 '맞춤'이 그것이다.

보통 사람들은 장에서 놋그릇을 사다 썼다. 하지만 서울 양반이나 행세하는 이들은 직접 안성에서 식기나 제기를 맞춰 썼다. 본인이 원하는 모양대로 놋그릇을 얻을 수 있었던 까닭이다. 이런 놋그릇을 '안성맞춤 유기'라 했다.

이렇게 안성에서 일부러 맞춘 놋그릇처럼 '잘 만들어진 물건이나 잘된 일'을 가리켜 '안성맞춤'이라 말하게 됐고, 나아가 '어떤 일에 딱 들어맞게 잘된 일'을 뜻하게 됐다. '안성맞춤'이라는 말은 안성에서 나는 놋그릇에 대한 품질을 평가하는 표현인 동시에 상행위에 있어서 '확실한 믿음'이라는 의미, 그리고 '경우나 상황에 잘 어울림'이란 추상적 의미도 포함한다.

'안성맞춤'에 비유할 만한 용어로는 '제격'이 있다. '제격(-格)'은 '그 지닌 바의 정도나 신분에 알맞은 격식'을 뜻한다. '제대로 된 격'이 줄어든 말이다. '보리밥에 고추장이 제격'이란 속담은 보리밥에는 고추장을 곁들여 먹어야 알맞다는 뜻으로 무엇이나 격에 알맞아야 좋음을 이르고, '미친개에게는 몽둥이가 제격'은 미쳐 날뛰는 자에게는 된맛을 보여줘야 함을 비유적으로 나타낸다. 그 밖에도 우유와 달걀은 아침 영양식으로 제격, 추운 날씨에는 아침 밥상에 따끈한 국물이 제격처럼 쓴다.

◦ 안성맞춤 | 조건이나 상황이 어떤 경우에 잘 어울림.

◦ 제격 | 그 지닌 바의 정도나 신분에 알맞은 격식.

# 안절부절

"흥선은 정침으로 들어왔지만
마음이 내려앉지 않는 듯이
안절부절 윗목 아랫목으로 거닐고 있었다."
- 김동인, 《운현궁의 봄》

'안절부절하다'와 '안절부절못하다' 중 어느 표현이 맞는 걸까?

결론부터 말하면 '안절부절못하다'가 옳은 표현이다. 고유어로 '불안하고 초조한 마음'을 뜻하는 부사 '안절부절'에 동사 '못하다'가 합쳐진 말이다. 엄밀히 말하면 '안절부절하다'라고 해야 하는데 일반 대중 사이에서 '안절부절못하다'라고 많이 쓰이면서 그대로 굳어졌다. 초조하고 불안한 마음을 극도로 강조하다 보니 그리된 것이다.

동사로는 반드시 '안절부절못하다'로 말해야 하지만, 부사로는 '안절부절'로 쓴다. 부사 '안절부절'과 동사 '안절부절못하다'는 의미상 통하는 까닭이다.

- 안절부절 | 마음이 초조하고 불안하여 어찌할 바를 모르는 모양.
- 안절부절못하다 | 몹시 불안하거나 초조하여 어찌할 바를 모르다.

# 알나리깔나리

"친구들에게 놀림을 당한 적이 있다.
아는 척했다며 마흔 넘은 것들이
알나리깔나리 했다."
- 〈울산저널〉(2022.9.27.)

"알나리깔나리!"

아이들이 누군가를 놀리거나 흉볼 때 흔히 하는 말이다. 이 말의 어원은 '알나리'다. '알나리'는 나이 어리고 키 작은 사람이 벼슬했을 때 관복 입은 모양이 우스꽝스러워 농담 삼아 "아이 나리"라고 부르던 말에서 나왔다. 비록 벼슬은 했을지라도, 몸집이 일반인보다 작은 까닭에 붙인 은근한 놀림말이었다. 이 말이 점차 누군가를 흉보는 말이 됐고, 알나리에 운율을 맞추기 위해 별다른 의미 없이 '깔나리'를 덧붙였다. 비표준어인 '얼레리꼴레리'나 '얼레꼴레리' 모두 '알나리깔나리'에서 변화한 말이다.

◦ 알나리깔나리 | 아이들이 남을 놀릴 때 하는 말.

# 야호

"멀리서 중·고등학생들의 떠드는 소리도 나며,
어디선가 '야호'의 외마디도 들린다."
- 이숭녕, 《대학가의 파수병》

산에 올라가면 기쁨에 겨워 "야호!" 하고 외친다. 기분이 좋아서도 외치고, 자기가 외친 말이 되돌아오는 메아리가 재밌어서도 외친다. 그런데 '야!'도 아니고 '호!'도 아니고 '아!'도 아니고 왜 '야호'라고 외치게 됐을까?

'야호'의 유래는 독일어에서 찾을 수 있다. '야호'는 독일어 '욧호(Johoo)'에서 비롯된 말인데, 알프스산맥에 올라가서 "욧호!"하고 소리를 지르면 산울림이 상당히 아름답게 되돌아오는 데서 시작됐다고 한다.

요즘은 등산하는 일이 그다지 어려운 일도 아니고, 일반인도 마음만 내키면 언제라도 즐길 수 있지만 예전에는 그렇지 않았다. 먹고사는 일이 우선이기도 했고, 여행을 목적으로 산에 가는 일 자체가 흔하지 않았다. 교통도 불편한 데다 등산용 의복도 마땅치 않았기 때문이다. 유럽에서는 19세기 무렵

이 되어서야 등산에 대한 관심이 높아졌다. 이후 일반인에게 등산이 대중화된 것은 대체로 20세기 이후였다. 산을 오르는 사람들은 큰 기쁨을 느꼈고 그런 기분을 마음껏 내지르고 싶어 했다. 그 기쁨의 외침이 '욧호'였고, 이후 발음하기 편하게 '야호'로 변했다고 한다.

산에서 누군가에게 도움을 요청하거나 자신의 위치를 알리려는 목적으로 소리를 질렀다고도 하는데, 소리만으로 위치를 파악하기 힘든 데다 설산에서는 큰 소리가 눈사태를 유발하기도 하므로, 구조 요청으로서의 쓰임은 적었다.

◦ 야호 | 등산하는 사람이 서로의 위치를 확인하거나 상쾌한 기분을 나타낼 때 외치는 말.

# 양이 차다

"우위(牛胃)는 맛이 후하고
음식의 맛있는 부위로 친다.
우리나라에서는 우위를 '양'이라고 말한다."
- 정약용, 《아언각비》

다산 정약용이 예문에서 말한 '우위'는 '소 밥통'을 의미하고, '양'은 밥통을 뜻하는 우리말이다. 음식점 차림표에 적힌 '양구이'는 소 위를 구운 요리, '곱창'은 소의 작은창자, '양곱창'은 소 위와 작은창자를 함께 이르는 말이다. '막창'은 소의 위 네 개 가운데 맨 마지막 위를 가리킨다.

'양이 차다'의 '양'은 분량이나 질량을 뜻하는 한자어 양(量)이 아니다. '양'은 인체의 '위(胃)'를 가리키는 순우리말이다. 소뿐만 아니라 사람의 밥통도 '양'이라고 부른다. '양이 차다'라는 말은 '위가 차다', '밥통이 차다', '배부르다'를 의미한다. "양이 찼다", "양에 찼다" 둘 다 어법에 맞는 표현이다. 음식이 부족하면 이거 먹고 양이 차겠냐며 밥투정하고, 양이 덜 차면 밥그릇을 깨끗이 비우게 된다. 고깃집에서 값비싼 고기만 사 먹기 부담스러울 때 밥을 시켜 양을 채우는 사람도 있다.

또한 '양이 차다'라는 말은 심리적 만족감을 비유한 표현으로도 쓴다. 어떤 대회에 응시하여 참가상을 받았지만 양이 차지 않으면 불만이고, 생일에 선물을 받았으나 기대에 미치지 못하면 양이 안 차서 실망한다.

◦ 양이 차다 | 더 먹을 수 없이 배부르다.

## 어안이 벙벙하다
## 어리둥절하다

"어안이 벙벙하여 박태영은
외마디 소리도 발성하지 못했다."

- **이병주, 《지리산》**

"어머니의 울음과 기도 소리는
돌연 나를 어리둥절하게 만들었다."

- **이제하, 《소경 눈 뜨다》**

'어안이 벙벙하다'에서 '어안'은 '어이없어 말을 못 하는 혀 안'을 가리키고, '벙하다'는 '얼이 빠져서 어리둥절하다'라는 뜻이다. 갑자기 놀랍거나 기막힌 일을 당해 어리둥절할 때 정신이 빠진 듯 입을 벌린 채 혀가 안으로 살짝 말린 상태가 곧 '어안이 벙벙'한 것이다. 뜻밖의 일을 당해 기막혀 말문이 막힐 때 "어안이 벙벙하다"라고 말한다.

시끄러운 거리가 갑자기 조용해지면 어안이 벙벙해져 말을 멈추게 되고, 충격적인 소식을 들으면 어안이 벙벙하여 어디서부터 말을 끄집어내야 좋을지 갈래를 잡지 못하며, 예상과 다른 일이 벌어지면 순간 당황하여 어안이 벙벙해진다.

이에 비해 '어리둥절'은 본래 감각이 없어짐을 나타낸 말이었다. 갑작스러운 상황이나 뜻밖의 일을 당했을 때, 마치 얼이 빠진 듯 얼떨떨한 상태가 '어리둥절'이다. 부사 '어리둥절히'란 '무슨 영문인지 잘 몰라서 얼떨떨한 상태로'란 의미이고, 형용사 '어리둥절하다'란 '무슨 영문인지 잘 몰라서 얼떨떨하다'를 뜻한다. '어안이 벙벙'은 할 말이 있으나 말을 하지 못하는데 방점이 있고, '어리둥절'은 넋이 나간 듯한 표정을 강조한 말이다.

박종화의 역사소설 《금삼의 피》에 '어리둥절'을 활용한 적절한 표현이 있다.

> "생원님의 아낙으로 정경부인의 대접을 받고 대궐로 들어와 보라는 어명을 받게 되니 신 씨는 어리둥절하여 어찌할 줄을 몰랐다."

- 어안이 벙벙하다 | 뜻밖에 놀랍거나 기막힌 일을 당하여 어리둥절하다.
- 어리둥절하다 | 무슨 영문인지 잘 몰라서 얼떨떨하다.

# 얻다 대고

"오매, 이 남자가 얻다 대고
함부로 도끼눈을 꽝꽝 지릅뜨고
칼 섯바닥을 슴뻑슴뻑 휘둘른다냐?"
- 윤흥길, 《빛 가운데로 걸어가면》

발음 때문에 '어따 대고'를 옳은 표기로 생각하는 사람이 많지만, '얻다 대고'가 맞는 표기다. '얻다'는 '어디에다'의 줄임말이고, '대다'는 '닿게 하다'라는 뜻의 동사인데 주로 '대고'의 형태로 쓴다. 상대방이 눈앞에서 삿대질할 때 '어디에다 대고'라고 따지듯 말한 데서 나온 말이다.

'삿대질'은 뱃사공이 긴 막대기로 배를 밀어서 가는 일을 가리키는데, 삿대를 밀고 당기고 하듯 상대방 눈앞에서 손가락으로 연신 지적하는 모양도 삿대질이라고 한다. 가령, 두 사람이 의견 차이로 말다툼할 때, 주먹이나 손가락 따위를 상대 얼굴을 향하여 푹푹 내지르는 짓이 삿대질이다. 이런 삿대질을 당하는 사람은 심한 위협과 불쾌감을 느끼게 되므로, 이에 대한 반감으로 '얻다 대고'라고 대꾸하기도 한다. 비단 삿대질뿐만 아니라 반말하는 상대에게도 "얻다 대고!"라고 말한다. 나이 어린 사람이 노인에게 반말하면, "얻다 대고 반말하는가?"라는 말을 듣기 십상이고, 반대로 연장자가 초면인 젊은이에게 반말해도 "얻다 대고 반말하세요?"라는 말을 들을 수 있다. 이 역시 조심해야 할 일이다.

◦ 얻다 대고 | '어디에다 대고'의 줄임말.

# 엄두도 못 내다

"현장에 가, 시체를 거두어 올 엄두조차 못 하고 있는데 군중이 집을 습격하였다."
- 채만식, 《낙조》

뭔가 하고 싶지만 그럴 상황이 아니라 그저 막연할 때 '엄두도 못 내다'라는 말을 쓴다. '엄두'는 한자어 염두(念頭)가 변한 말이며, '염두'는 생각의 맨 처음을 가리킨다. '염두에 두다'라고 말하면 '생각에 두고 있으라'는 의미지만, '엄두도 못 내다'라고 하면 생각의 처음조차 꺼내지 못하다, 즉 '감히 무슨 일을 하려는 마음을 가질 수 없다'라는 뜻이다. 엄두는 흔히 부정적인 말과 함께 쓴다.

독자적인 기술이 없으면 특허는 엄두도 못 낼 일이고, 돈이 넉넉하지 않으면 값비싼 맞춤옷은 엄두도 못 낸다.

◦ 엄두 | 감히 무엇을 하려는 마음을 먹음. 또는 그 마음.

## 엄마 어머니 ~의 어머니

"십여 년 동안 서희는
어머니 생각을 한 일이 별로 없다."
- **박경리,《토지》**

"중화 대륙이 일본 문화의 어머니라면,
한반도는 알뜰한
무상(無償)의 유모(乳母)였습니다."
- **김소운,《일본의 두 얼굴》**

우리말에서 '맘'은 먹는 것을 뜻하는 유아어로 통한다. 이는 아기가 잘 발음하는 소리를 이용하여 언어를 가르친 지혜의 산물이다. '맘마'라고 하면 아기들은 눈을 반짝거리며 좋아하며, 배고플 때는 엄마에게 배운 대로 맘마를 외친다. 그렇다면 '엄마'는 무슨 뜻일까?

어린아이는 몇 달이 지나면 무언가 말하기 위해 '엄', '암', '음', '옴' 따위 소리를 낸다. 그런데 어느 경우든 가만히 들어보면 모두 'ㅁ'이 들었음을 알 수 있다. 'ㅁ'은 사람이 내는 가장 기초적인 발음이다. '엄마'를 뜻하는 영어 'mamma(맘마)', 독일어 'mama(마마)', 몽골어 '어머'에도 모두 'ㅁ'이 들어있다.

아기가 처음 말하는 것을 듣는 순간 대부분 어머니는 매우 감격한다. 그리고 아기가 한 말을 자기를 부르는 것으로 생각하여 이렇게 말한다.

"엄마라고? 그래 엄마야! 엄마 여기 있어!"

'엄마'라는 말은 이렇게 아기가 가장 쉽게 발음하는 '옴'에 '아'라는 토씨가 붙어서 이뤄졌으며, 처음에는 '엄아'로 부르다가 점차 '엄마'로 발음되기에 이르렀다. '옴'은 '암컷'을 의미하기도 한다.

'어머니'는 '엄마'에 사람을 나타내는 '이'가 붙은 '엄아이'가 변한 말이다. 북한 사투리 '어마니', '오마니'도 모두 '엄아이'에 어원을 두고 있으며, 1447년에 간행된 《용비어천가》에도 어머니를 높여 부른 '어마님'이라는 단어가 보인다. 그런가 하면, 성공은 실패의 어머니, 경험은 지식의 어머니처럼 무엇이 생겨나게 한 근본을 어머니에 비유하기도 한다.

◦ 어머니 | 자녀를 둔 여자를 자식에 대한 관계로 이르거나 부르는 말.

## 얼렁뚱땅
## 엉겁결에

"노인은 내가 엉겁결에 황제라고 불러 준 것이
상당히 기분이 좋은 모양이었다."
- **이문열, 《황제를 위하여》**

"얼렁뚱땅 거짓말이나 해 가면서
처자식 고생이나 시키지 않게 처신하는……."
- **최인훈, 《회색인》**

'엉겁결에'는 '자기도 모르는 사이에 갑자기'라는 뜻의 부사다. 본래 뜻은 뭘까?

'엉겁'은 '끈끈한 물건이 마구 달라붙은 상태'를 의미하고, '-결'은 '사이', '때'를 나타내는 의존명사로 '-결에' 꼴로 쓰인다. 따라서 '엉겁결에'란 '끈끈한 물체가 몸에 달라붙은 때에'를 뜻한다. 그런 경우 붙은 것을 떼어내느라 허둥대거나 정신없기 마련이고 이 과정에서 뜻하지 않은 일이 생길 확률이 높다. 이를테면 옷에 붙은 솜털 달린 버드나무 씨를 털어내는 과정에서 옷 보푸라기까지 함께 떨어져 나가는 일이 그렇다. 이에 연유하여 '엉겁결에'라는 말은 '뭔가 급한 일이 생겨서 그걸 해결하는 과정에서 다른 일도 함께 하다'라는 뜻으로 쓰이게 됐다.

예컨대 화장품 가게를 구경하다가 엉겁결에 립스틱을 사

고, 친구들 싸움을 말리려다 엉겁결에 사람을 밀치는 경우가 그렇다.

이에 비해 '얼렁뚱땅'은 '엉너리를 부려 정신이 얼떨떨한 상태에서 슬쩍 남을 속여 넘기는 모양'을 이르는 말이다. '엉너리'는 남의 환심을 사려고 어벌쩡하게 서두르는 짓을 의미한다. '엉너리'가 '얼렁'으로 변하고 여기에 일을 거침없이 해치우는 모양을 나타내는 의태어 '뚝딱'이 더해져 '얼렁뚝딱'을 거쳐 '얼렁뚱땅'이 된 것으로 여겨진다. '얼렁뚱땅'은 대체로 자기 처지가 곤란한 상황에서 상대를 은근슬쩍 속여 넘기려는 모양을 가리킨다.

학생으로서 마땅히 해야 할 공부를 얼렁뚱땅하면 성적이 좋을 리 없고, 잘못에 대해 사과하지 않고 얼렁뚱땅 넘기면 상대 마음에 앙금이 남을 수 있다.

---

◦ 엉겁결에 | 자기도 미처 모르는 사이에 갑자기.

◦ 얼렁뚱땅 | 다른 일로 관심을 돌리면서 상대를 은근슬쩍 속여 넘기려는 모양.

# 에누리

"원님과 급창이 흥정을 해도 에누리가 없다."

- 속담

"원님과 급창이 흥정을 하여도 에누리가 있다."

- 속담

두 속담에 등장하는 '원님'은 고을 사또, '급창'은 사또로부터 명을 받아 큰 소리로 전달하는 사내종을 이르는 말이다. 상하 관계가 분명한 신분이지만, 그런 두 사람조차 흥정할 때는 에누리를 놓고 씨름한다는 뜻이다. 첫 번째 속담은 흥정에 상하 구별이나 친분과 관계없음을 나타내고, 두 번째 속담은 흥정에는 반드시 에누리가 있게 됨을 알려주는 것만 다를 뿐이다.

요즘에는 '값을 깎아서 사는 일'을 '에누리'라고 말하는 경향이 있지만, 원래는 의미가 달랐다. '에누리'란 '제값보다 높여 부르는 값'을 의미하는 말이었다. 장사꾼들은 물건값을 깎으려는 손님의 말을 예상하여 으레 에누리를 붙여서 물건을 팔았다. 손님이 물건값을 깎아달라고 했을 때, 장사꾼이 "에누리 없소"라고 말하면 제값에 더 보탠 금액이 없다는 뜻이었다. 그러면 손님은 상인 말을 믿지 못한다는 의미로 이렇게 반응하기 일쑤였다. "에누리 없는 장사가 어디 있소?"

장사꾼으로서는 에누리를 붙이고, 손님으로서는 에누리를 떼려는 것이기에 이런 대화가 오갔다. 그런데 이처럼 에누리를 두고 흥정하다 보니 '에누리'에 '값을 깎아서 사는 일'이란 의미까지 더해졌다. 오늘날 '에누리'는 실제보다 더 보태거나 줄이거나 함을 뜻하는 말로 주로 쓰인다. 누군가 회사에서 "에누리 없이 십 년을 보냈다"라고 말하면 정확히 십 년째 그 회사에 다니고 있다는 뜻이고, 범인이 자신의 과거를 에누리하지 않고 말했다면 모든 걸 솔직히 자백했다는 의미나 다름없다.

◦ 에누리 | 받을 값보다 물건의 값을 더 많이 부르거나 물건값을 깎는 것.

# 여보 여보세요

"여보 젊으신네, 젊은이 고집이
어떻게 그렇게 세단 말이오."

- **현진건, 《무영탑》**

"여보, 저이가 와서 당신을 만나 보고
가겠다고 기다리고 있는데……?"

- **염상섭, 《위협》**

'여보'란 부부간에 서로를 부르는 호칭이다. 그렇다면 전화할 때의 '여보세요'는 무슨 뜻일까?

'여보'는 자기 아내나 남편을 부르는 말로, '여기(此處)'의 '여-', '보다(視)'의 어간 '보-'가 합해 이루어졌다. '여기 보시오'라고 말하던 습관에서 비롯됐고, '여보시오', '여기 보시오'의 준말이다. 즉, 상대방에게 나를 돌아보게 하여 내 존재를 확인시키는 호칭이다.

하지만 신분 높은 사람에게 아랫사람이 '여보'라고 부를 수 없으며, 또 지체가 낮은 사람에게 높은 사람이 '여보'라고 부를 수 없다. '여보'란 서로 동등한 존재임을 강조한 평등사상을 담은 호칭이기 때문이다.

부부간에 '여보'를 다정히 부르게 된 것은 근대 이후의 일이다. 지금은 부부가 서로 스스럼없이 이름이나 이러저러한 호칭으로 다양하게 부르지만, 옛날에는 부부 사이가 지금처럼 허물없이 대하기 어려웠고 지켜야 할 도리도 많았다. 그런 이유로 서로를 부르는 호칭이 마땅치 않아서 낯선 사람 부르듯이 '여보' 라고 부르던 말이 그대로 호칭이 됐다. 이인직의 신소설《모란봉》(1913)에 그런 단면이 묘사되어 있다.

> "여보 마누라, 나는 술이나 먹고 사랑으로 나갈 터이니 숙자를 데리고 의논 잘하시오."

그런가 하면 전화상의 '여보세요'는 처음 전화가 도입됐을 때 얼굴을 보지 않고 말하는 게 어색해서, 낯선 사람을 부르듯이 상대에게 '여기 보시오'라고 말하던 데서 비롯됐다.

◦ 여보 | 부부 사이에서 서로를 부르는 말.

또는 누군가의 주의를 끌려고 할 때 하는 말.

# 염병할

"중사는 웃통을 벗어부치고 껌을 씹다가
눈알만 할금 돌렸다.
이 염병할 무더위 때문에
까딱하기도 싫다는 얼굴이었다."
- 박영한, 《머나먼 쏭바강》

'염병'은 어떤 병일까? 물들일 염(染), 병 병(病)이란 음훈에서 알 수 있듯, 옆 사람에게 옮기는 전염병을 이르는 말이며, 구체적으로는 '장티푸스'를 가리킨다. 이 병은 패혈증과 전신 감염을 일으키며, 예전에는 사망률이 높았다. '염병을 앓을 만큼 재수 없는'이라는 뜻의 '염병할'이란 욕설도 그래서 생겼다. 그런데 어원과 달리 대체로 뭔가 못마땅할 때 "염병할"이란 말을 많이 쓴다. 누가 듣기 싫은 말을 하면 "별 염병할 소리를 다 듣겠네"라고 반박하고, 겨울에 자동차 시동이 걸리지 않을 때도 "염병할!"이라고 투덜거리는 사람이 적지 않다.

◦ 염병할 | '염병을 앓을'이라는 뜻으로, 매우 못마땅할 때 욕으로 하는 말.

# 오랑캐 야인

"또다시 오랑캐들이 노략질하고 날뛰니……"
- 박종화, 《임진왜란》

"제 나라에서 일어난 동학은 목숨을 내어놓고
토벌까지 하면서 서양 오랑캐의
천주학을 한다는 것부터도
괴이한 일이거니와……"
- 김구, 《백범일지》

기마 민족인 오랑캐들은 수시로 고려 북부 변경 지방에 출몰하여 약탈을 일삼았다. 고려는 그들과 크고 작은 전투를 계속 치러야 했는데, 무력으로 대응하기도 하고 귀화를 권유하며 달래 보는 등 여러 진정책을 시도했으나 혼란은 끊이지 않았다. 그래도 적은 수나마 고려에 귀화하는 이도 생겼다. 이에 고려는 귀화한 오랑캐들의 호칭을 구별할 필요성을 느끼게 되어, 북부 변경 일대에 사는 여진인(女眞人) 중 고려에 귀순한 사람은 '향화인(向化人)', 귀순하지 않은 사람은 '야인(野人)'이라고 불렀다. '야인'은 훗날 벼슬살이를 하지 않는 사람을 이르는 말로 의미가 바뀌었다.

야인에는 올량합, 올적합, 오도리 세 부족이 있었는데 그 중에서 우리나라와 가장 접촉이 잦은 부족 올량합(兀良哈)을 이르는 현지어 '우량카다이'에서 '오랑캐'란 말이 유래됐다.

《용비어천가》에서도 두만강 북쪽에 사는 유목민을 오랑캐(兀良哈)라고 칭했다.

한편 그들의 시조가 본래 개와 사람 사이에서 태어났기에 그 후손들을 '오랑캐'라고 불렀다는 설화도 있다.

옛날 한 재상이 매우 얇은 껍질로 만든 북을 만들어 놓고 이 북을 찢지 않고 치는 사람에게 딸을 준다고 선언했다. 종잇장처럼 얇은 북이라 아무도 감히 치지 못했는데, 하루는 개가 꼬리로 북을 쳤다. 재상은 당황했으나 약속을 지키기 위해 딸과 개를 혼인시켰다. 이후 밤마다 개가 딸을 할퀴고 물어뜯자 참다못한 딸은 개의 네 발목과 입에 따로 주머니(囊)를 씌우고 관계를 했다. 이들이 자식을 낳자 북쪽으로 쫓겨나 후손을 퍼뜨렸다.

그 뒤 '오낭(五囊)', 즉 다섯 주머니를 낀 개(拘)라는 뜻인 '오랑구'가 '오랑캐'로 변해 북쪽에 사는 사람들을 그렇게 불렀다고 한다. 이 설화는 여진족에 대한 적대감과 멸시감을 보여준다.

◦ 오랑캐 | 두만강 일대의 만주 지방에 살던 여진족을 멸시하여 이르던 말.

◦ 야인 | 관직 등의 벼슬살이를 하지 않는 사람.

# 오입질
# 서방질

"그러니까 당신,
내가 기생집에서 오입질하느라
외박하지는 않았다는 걸
알면서도 부리는 강짜요?"
- **이문열, 《변경》**

"서방질을 해도 눈을 감아 주고……."
- **나도향, 《뽕》**

'제 아내가 아닌 여자와 성관계 가지는 짓'을 이르는 '오입질'의 '오입(誤入)'은 문자 그대로 '그릇된 드나듦'이란 뜻이다. 안사람이 아닌 바깥 여자에게 들이대는 짓이기에 '외입질(外入-)'이라고도 한다.

오입질에 대응하는 말은 '서방질'이며, 제 남편이 아닌 남자와 몰래 정을 통하는 짓을 의미한다. '서방질'에서 '서방(書房)'은 남편의 낮춤말이다. 다른 남자를 남편처럼 생각하고 하는 성관계를 '서방질'이라 말했다.

- 오입질 | 제 아내가 아닌 여자와 성관계를 가지는 짓.
- 서방질 | 제 남편이 아닌 남자와 사통하는 짓.

# 오지랖 넓다

"넌 얼마나 오지랖이 넓기에
남의 일에 그렇게 미주알고주알 캐는 거냐?"
- 심훈, 《영원의 미소》

지나치게 아무 일에나 쓸데없이 참견할 때 '오지랖 넓다'라고 말하는데, 이 말은 웃옷이나 윗도리에 입는 겉옷 앞자락을 가리키는 오지랖과 관련되어 생겼다.

한복 입은 엄마는 오지랖을 걷은 후 아이에게 젖을 물리고, 두루마리 입은 남자가 길을 걸으면 오지랖이 펼쳐진다. 특히 활기차게 걸을 때 오지랖이 더욱 크게 펼쳐지며 그 넓이가 한껏 드러난다. 옷의 앞자락, 즉 오지랖이 넓으면 다른 옷도 덮을 수 있다. 이런 모양을 남의 일에 간섭하는 사람의 성격에 빗대어 '오지랖이 넓다'라고 말하게 됐다. 상대의 오지랖은 당사자에게 번거로운 일이기에, '오지랖 넓다'라는 말은 '주제넘게 아무 일에나 쓸데없이 참견하다'라는 뜻으로 통하게 됐다.

◦ 오지랖 넓다 | 쓸데없이 지나치게 아무 일에나 참견하는 면이 있다.

# 외상 긋다

"이웃에 사는 목수네가 성냥 통을
외상으로 가져갔을 뿐 손님이 없었다."
- 서기원, 《마록열전》

"천막 가까운 술집에서
첫날부터 외상을 그었다."
- 한수산, 《부초》

예전에는 술집이나 가게에서 외상으로 거래할 때 '긋는다'라는 표현을 썼다. 왜 그랬을까?

'외상'이란 나중에 값을 치르기로 하고 물건을 먼저 가져가는 일을 뜻하는 말이다. 이두식 독법에서 '외자'로 읽히던 한자어 '외상(外上)'은 고유어 '밧자위'에 대한 차자(借字) 표기로 추정된다. '밧자위'는 관청에서 환곡이나 조세 따위를 받아들이는 일을 이르던 말이니, 먼저 물건을 받고 나중에 갚는 것이 곧 외상이었다. 그 뒤 세월이 흐르면서 '밧자위'라는 고유어 발음은 사라지고 한국식 한자어 표기인 '외상'만이 남아 쓰이고 있다.

'긋다'라는 말은 조선 시대 객주(客主)에서 상인과 거래할 때 사용한 엄대 문화에서 나왔다. '엄대'란 물건값을 표시하는, 길고 짧은 금을 새긴 막대기를 가리키는 말이다. 객주는 신뢰하거나 신용 있는 보부상에게 물건을 먼저 내줄 때 엄대에 작대기를 그어 그 값을 나타냈다. 이로부터 '외상을 긋다'라고 말하게 됐다.

그 후 구한말 서울에서는 잔술을 파는 선술집이 유행했는데, 나중에 한꺼번에 계산하겠다면서 잔술을 요구하는 술꾼들이 많아지자, 글을 모르는 주모가 벽에다 마신 술잔 수만큼 작대기를 그었다. 여기서 '외상을 긋다'라는 말이 생겨 널리 유행했다. 하지만 신용카드와 전자화폐가 일상화된 요즘에는 사라진 말이 됐다.

◦ 외상 | 값은 나중에 치르기로 하고 물건을 가져가는 일.

◦ 외상 긋다 | 나중에 값을 치르기로 하고 물건을 사다.

# 외톨이

"자기도 혈혈단신 외톨이요,
처갓집도 어느 일가친척 하나 들여다볼
사람이 없는 홑진 집안이다.
홀로 남은 아사녀는 어찌 되었을까?"
- 현진건, 《무영탑》

매인 데도 없고 의지할 데도 없는 홀몸을 흔히 '외톨이'라고 하는데, 이 말은 비늘줄기나 송이 안에 마늘, 밤알 따위가 한 톨만 들어 있는 모양에서 비롯됐다. 여러 알이 들어 있어야 할 곳에 달랑 한 알만 든 모습이 외롭고 처량해 보이기에 다른 짝이 없이 홀로만 있는 사람에게도 빗대어 쓰게 됐다. '외돌토리' 또는 '외톨박이'라고도 한다.

2002년 무렵, 우리나라에도 은둔형 외톨이가 본격적으로 등장했다는 조사 결과가 신문에 보도된 적이 있는데, '은둔형 외톨이'는 일체의 사회 활동을 거부한 채 집 안에만 있는 사람을 가리키는 말이다.

◦ 외톨이 | 매인 데도 없고 의지할 데도 없는 홀몸.

# 우거지

"우거지에다 뜨물이나 된장을 풀고,
풋고추를 듬성듬성 썰어 넣어 먹으면 기막히지."
- 최일남, 《서울 사람들》

옛날에는 대부분 형편이 어려운지라 우거지로 반찬을 만들어 먹는 일이 흔했다. '우거지'는 푸성귀를 다듬을 때 골라 놓은 겉대를 가리키는 말이다. 김치로 먹기에는 조금 억세므로 '위에 있는 것을 걷어 낸다' 하여 '웃걷이', 혹은 김장 후 김치 맛을 변하지 않게 하고자 위에 덮어 두었다 하여 '웃걷이'라고 부르다가 '우거지'로 발음이 변했다. 김장 김치를 장독에 보관할 경우, 위에 덮어 놓은 우거지를 걷어 내고 아래 있는 김치를 한 포기씩 꺼내곤 했다. 말린 우거지는 나중에 뜨물이나 된장을 풀고 찌개나 탕으로 끓여 별미로 먹었다.

◦ 우거지 | 푸성귀를 다듬을 때에 골라 놓은 겉대.

# 우두머리

"숙부는 어려서부터 장난이 심하고,
특히 아이들을 모아 일을 꾸미는 데는 선수였다.
자신은 언제나 우두머리 노릇을 하면서 말이다."
- 최일남, 《숙부는 늑대》

'우두머리'는 '가장 위에 있는 머리'라는 뜻의 한자어 '위두(爲頭)'에서 나온 말이다. 문헌에서는 위두로 쓰이다가 훗날 위두에 우리말 '머리'가 더해질 때 '위'가 단모음화되어 '우두머리'라고 말하게 됐다.

부족국가 시대에는 족장이 있어 부족을 다스리는 우두머리로 삼았고, 조선 시대 사당패는 우두머리 꼭두쇠를 정점으로 여럿이 어울려 마을을 돌아다니며 공연했다. 오늘날 우두머리는 단체, 조직, 부서 등의 가장 윗사람을 이르는 말로 쓰인다. 그런가 하면 '물건의 맨 꼭대기'도 우두머리라고 말한다. 시골의 개구쟁이는 나무 꼭대기까지 올라가 우두머리를 부러뜨리기도 했다.

◦ 우두머리 | 어떤 일이나 단체에서 으뜸인 사람.

# 육시랄

"육시를 헐 놈이, 그 놈이 그게 어디
당헌 것이라구 지가 사회주의를 히여?"
- 채만식, 《태평천하》

'육시랄'이란 말은 '아주 고약한 일을 당해 마땅한'이란 뜻이며, 일상에서는 "육시랄 놈 같으니라고!"처럼 못마땅한 누군가를 향한 험한 욕으로 쓴다.

'육시랄'은 조선 시대에 행해졌던 참혹한 형벌 '육시'가 어원이다. 육시(戮屍)는 이미 죽은 사람, 즉 시체의 목을 베는 형벌을 이르는 말이다. 죽은 뒤에 큰 죄가 드러나 다시 극형에 처하는 형벌인 '부관참시(剖棺斬屍)' 중 하나이며, 戮(죽일 륙) 尸(주검 시)라는 음훈에서 알 수 있듯 주검을 욕보이는 형벌이다. 이에 연유하여 '육시를 할 만한'이란 뜻으로, 상대를 저주할 때 '육시랄'이라는 욕을 하게 됐다.

◦ 육시랄 | 아주 고약한 일을 당해 마땅한.

# 이골이 나다

# 익숙하다

"겉과 속이 판이하여 양존에 이골이 난
위인인 줄은 모르고……"
- 김주영, 《객주》

"그는 아주 익숙하게 담배 연기를 뿜어서
도넛 모양의 동그라미를 만들어 보였다."
- 최인호, 《지구인》

어렵고 힘든 일을 예사롭게 넘기는 일을 흔히 '이골이 났다'라고 말한다. 직장 상사가 모욕적인 말을 퍼부어도 아무렇지 않게 넘기고, 시어머니가 잔소리를 심하게 해도 그러려니 하는 며느리의 모습이 그러하다. 뼛속까지 익숙함이 배었다는 뜻이다.

익힐 이(肄)와 뼈 골(骨)을 합쳐서 만든 말이 이골의 어원이라고 보는 학설이 있는데, 전적으로 수긍하기는 어렵다. 아직 정확한 어원이 밝혀지지 않았으나 순우리말로 보는 의견이 더 우세하다. 어찌 됐든 어떤 방면에 아주 길이 들어서 익숙해진 버릇을 '이골'이라 하고, 관용구 '이골이 나다'는 어떤 사람이 일이나 다른 사람의 어떤 방면에 길이 들어서 버릇처럼 아주 익숙해졌음을 나타낼 때 쓴다. 물건 파는데 이골이 난 사람은 영업을 잘하고, 밀고에 이골이 난 밀정은 수시로 남몰래 상황을 보고한다.

유의어 '익숙하다'는 사람이 어떤 대상을 자주 대하거나 겪어 잘 아는 상태에 있을 때 쓰는 말이다. 중세국어에서 '닉다(익다)'는 '열매가 여물다', '뜨거운 열을 받아 날것의 성질 및 맛이 달라지다', '익숙해지다' 이렇게 세 가지 의미로 쓰였다. 이 중 세 번째는 '눈에 익다', '손에 익다'의 형태로 오늘날까지 남아 있다. 그리고 '닉다(익다)'에 한자어 '숙(熟)'이 결합한 뒤, 여기에 'ᄒᆞ다'가 결합해 '익숙하다'라는 말이 생겼다.

기계를 자주 만지면 다루는 데 익숙해지고, 날마다 일기를 쓰면 글쓰기에 익숙해진다.

- 이골이 나다 | 어떤 방면에 길이 들어서 버릇처럼 아주 익숙해지다.
- 익숙하다 | 어떤 일을 여러 번 하여 서투르지 않은 상태에 있다.

# 이판사판

"이판사판에 어찌 됐든 밥이나 한번
배불리 먹어 보자고 올라온 놈들입니다."
- 황석영, 《장길산》

'이판사판'은 이판(理判)과 사판(事判)이 합쳐진 말이다. '이판'은 경전을 공부하거나 불교 교리를 연구하는 스님이고, '사판'은 절의 산림(山林, 産林) 즉 재산을 맡은 스님이다. 사찰 운영에 있어서 이판과 사판은 그 어느 한쪽이라도 없어서는 안 될 상호 관계에 있다.

그런데 이 말이 오늘날 엉뚱한 뜻으로 쓰이게 된 건 조선의 억불 정책에서 연유한다. 조선 시대에 스님이란 이판이든 사판이든 마지막 신분 계층에 해당했고, 스님이 된다는 것은 뾰족한 방법이 없어 막다른 상황에 이르렀음을 뜻했다. 이런 이유로 '이판사판'은 '막다른 데 이르러 어찌할 수 없게 된 지경'이란 의미를 가지게 됐다.

◦ 이판사판 | 막다른 데 이르러 어찌할 수 없게 된 지경.

# 임금

"신하가 임금에게 하는 법식으로
공손히 절을 합니다."
- **김유정, 《두포전》**

신라 제2대 군주 남해(南解) 차차웅은 죽기 전에 석탈해(昔脫解)에게 왕위를 물려주라는 유언을 남겼다. '차차웅'은 '제사를 맡은 웃어른', '무당'이라는 뜻이고, 제정일치 시대의 우두머리를 이르는 말이다. 남해는 '차차웅'이란 칭호를 사용한 유일한 군주인데, 그 자리를 사위 석탈해에게 넘겨주려고 한 것이다. 석탈해는 이를 사양하고, 남해의 아들 유리(儒理)를 후계자로 추대했다. 유리는 아버지의 유지를 받들고자, 탈해가 왕위를 이어받아야 한다고 맞섰다. 두 사람의 실랑이가 계속되어 아무래도 쉽게 결정이 날 것 같지 않자, 탈해는 다음과 같이 기발한 방법을 내놓았다.

"대개 덕이 있는 사람은 이가 많다고 합니다. 우리 두 사람의 잇금을 세어 보아, 치아 많은 사람이 군주 자리에 오르는 게 어떻겠습니까?"

유리가 들어보니 그럴듯하게 느껴져서 그 제안을 받아들였다. 두 사람은 떡을 가져다 한 입씩 물었다가 내놓았다.

그러고는 떡에 찍힌 잇금, 즉 이로 물어서 찍힌 자국을 세었다. 그 결과 유리의 치아 수가 한 개 더 많았다. 하여 유리가 먼저 군주가 됐다. 신라 제3대 군주 유리는 자신에 대한 호칭을 '이사금'이라고 정했다. '이사금'은 '치리(齒理)' 즉 '이(齒)가 많은 사람'이란 뜻이다.

제3대 유리 이사금 대부터 제16대 흘해 이사금 대까지 '이사금'은 신라 군주의 칭호로 사용됐다. '이사금'은 후에 '임금'으로 바뀌었다. 일설에 임금의 '임'은 주인(主人), '금'은 신(神)을 의미하므로 '임금'이란 '주신(主神)'의 뜻을 지닌다고 추측하기도 하지만, 이사금 어원이 정설로 여겨지고 있다.

◦ 임금 | 군주 국가에서 나라를 다스리는 우두머리.

## 입씨름 입씨름질

"두 여자는 끊임없이 싸웠다.
입씨름에 주먹질까지 하며 싸웠으나
싸우면서도 그악스럽게 일은 해내었다."
- 박경리, 《토지》

사람이 상대와 싸우는 모습은 크게 두 가지다. 몸싸움과 말싸움이 그것이다. 둘 중에 입으로 하는 싸움은 생각보다 후유증이 큰 경우가 많아서 '말에 베인 상처가 칼에 베인 상처보다 더 깊고 오래간다'라는 말까지 생겼다.

말로 하는 다툼을 가리키는 '입씨름'의 어원은 15세기에 간행된 《월인석보》에 나오는 '입힐훔'이다. '입힐훔'은 명사 '입'과 동사의 어근 '힐후(힐난하다)-'가 결합한 말이고, '입으로 힐난하며 다투는 일'을 의미했다. 접미사 '-질'이 덧붙여진 '입씨름질'은 서로 상대에게 뒤지지 않으려고 자꾸 말을 해대는 짓을 가리킨다.

◦ 입씨름 | 말로 옳고 그름을 가리는 다툼.

◦ 입씨름질 | 뒤질세라 서로 지껄여 대는 일.

# 잔치국수

"출출하신 분 잔치국수 드시고 가십시오."
- 김하인, 《엄마는 예뻤다》

국수는 중국에서 시작된 음식이다. 한나라 때 밀이 중국에서 들어오고, 여기서 얻은 밀가루를 면(麵)이라 하였으며, 면으로 국수를 만들어 먹었다.

우리나라에서는 고려 시대부터 귀족들이 일상에서 별미로 즐겼고, 여름철 더위를 피하는 별난 음식으로도 국수를 먹었다. 밀가루는 찬 성분이라 시원한 국수는 어느 정도 효과가 있었다. 하지만 가난한 백성은 그러지 못했다. 밀이 귀했던 까닭이다. 서민은 제사나 회갑연 혹은 혼례식처럼 특별한 날에나 먹을 수 있었는데, 혼인 잔치에 국수를 내는 관습도 바로 고려 시대 잔치 음식에서 비롯됐다. 처녀, 총각에게 "언제 국수 먹게 해줄 거야?"라고 묻는 말은 "언제 결혼할 거야?"와 같은 뜻으로 통했다.

조선 시대에 들어서 국수는 양반가의 일상 음식으로 자리

잡았다. 1670년 무렵, 정부인 안동 장씨라 불린 장계향(張桂香)이 쓴 조리서《음식디미방》에 '밀가루에 달걀을 섞어 반죽하여, 칼국수로 하여 꿩고기 삶은 즙에 말아서 쓴다'라는 내용이 적혀 있다.

국수는 조선 말엽에 대중적인 음식이 됐으며, 구한말 음식점에서는 둥근 철사에 여러 갈래의 긴 종이를 늘어뜨려 국수를 팔고 있음을 나타냈다. 국수 가락을 그렇게 표현한 것이다. 그렇지만 여전히 잔치국수의 관념이 남아 있었기에, 일제강점기에 활동한 소설가 채만식은《탁류》에서 다음과 같이 적었다.

> "혼인 잔치도 요릿집에 가서 할 테니까, 집에서는 국수장국 한 그릇 말지 않아도 된다."

◦ 잔치국수 | 맑은장국에 국수를 말고 갖은 고명을 얹은 음식.

# 잠지

"외할머니의 강마른 손이
내 아랫도리를 벗기기 시작했다.
'어디 이놈 잠지 좀 만져 보자.'"
- 윤흥길, 《장마》

철모르는 남자아이가 바지를 내리고 성기를 내놓으면 어른들이 손가락으로 가리키면서 "어라, 잠지 보이네"라고 말한다. 남자의 성기를 의미하는 바른말은 '자지'다. 그런데도 왜 '잠지'라고 말할까?

이는 고려 말에서 조선 초 무렵 활동한 문신 김자지(金自知, 1367~1435)와 관련이 있다. 그는 조선 초기에 형조판서를 지냈으며, 학문이 뛰어나 음양, 점복, 천문, 의약에 이르기까지 두루 통달했고, 그때까지 성행하던 불교가 아니라 유교적 관례에 따라 장례를 치르도록 유언을 남겼다. 그런데 그의 후손들은 그의 이름 때문에 고민이 많았다.

'스스로(自) 알다(知)'라는 좋은 이름이지만, 뜻과는 달리 남자 성기를 가리키는 말과 발음이 같은 데다, 조선 시대에는 선조나 어른 이름을 직접 부르면 매우 불손한 행위로 여겼기 때문이다. 사정이 이러하니 그의 후손들은 남자아이 성기를 가리켜서 말해야 할 일이 있을 때마다 난감했다. 고심 끝에, 후손들은 갓난아이 고추를 '잠지'라고 불렀다. 이 별칭은 성기를 직접 말하기 꺼리는 다른 사람들에게도 호응을 얻었으며, 그 뒤 노골적인 발음을 피하고자 하는 사람은 남자아이의 성기를 '잠지'라고 말하게 됐다. 요컨대 잠지는 김자지의 후손이 만들어 낸 별칭이며, 근대까지 남아의 성기를 지칭했다가 요즘에는 여아의 성기를 이를 때도 쓴다.

한편, 고추가 우리나라에 전해진 16세기 이후부터는 '고추'라는 말도 남아의 성기를 가리키는 별칭으로 더불어 사용됐다.

---

◦ 잠지 | 어린아이의 자지를 귀엽게 이르는 말.

---

# 잡아떼다

"도현이와의 관계를 물으면 사실대로 말하되
도현의 집안 내막에 대해서는 일절 모른다고
잡아뗄 테니 그리 알라고 했다."
**- 손창섭, 《낙서족》**

'잡아떼다'라는 말은 '시치미'란 낱말과 관련이 있다. 사냥매의 주인은 애써 길들인 매를 잃어버릴 때를 대비하여 매의 꽁지에 주인 이름이 적힌 패를 달았는데, 이를 '시치미'라고 불렀다. 그런데 매를 훔친 도둑이 시치미를 잡아떼어 내고 모르는 체하는 일이 종종 벌어졌다. 여기서 '시치미 떼다', '잡아떼다'라는 말이 생겼다. 자기가 한 일을 하지 않았다고 하거나 알면서 모르는 체할 때 '시치미 떼다' 또는 '잡아떼다'라고 말한다. 요컨대 '잡아떼다'는 '부인하여 말하다'라는 뜻이다.

◦ 잡아떼다 | 아는 것을 모른다고 하거나 한 것을 아니 하였다고 하다.

# 장난

"전화가 몇 번 걸려 오긴 했으나
대부분은 장난 전화였고
나머지는 전혀 엉뚱한 사람이었다."

**- 홍성원, 《무사와 악사》**

'장난'의 어원은 '어지러움을 만듦', '난리를 일으킴'이란 뜻의 한자어 '작란(作亂)'이다. 예전에 사람들은 난리를 일으키는 걸 '작란하다'라고 말했고, 반란군을 '작란군(作亂軍)'이라고 불렀다. 그런데 난리가 일어나면 사람들은 혼란에 빠지므로 작란을 싫어했다. 그리하여 평화로운 상황을 깨뜨리는 일을 '장난', '장난하다'라고 말하게 됐다. '짓궂게 하는 못된 짓'을 이르는 장난은 주로 자제력 약한 아이들이 하기에 '어린아이들이 재미로 하는 짓'도 장난이라고 말했다. 어린 시절 친구들과 장난하느라 늦게까지 밖에서 놀고, 학창 시절 수업 시간에 한눈팔고 장난을 치기도 하지만, 어른이 되면 대부분 장난을 치지 않는다.

◦ 장난 | 짓궂게 다른 사람을 놀리는 못된 짓.

# 재촉하다

"고국에 대한 화려한 꿈을 그리면서
마음이 달떠 가지고,
하루바삐 떠나기를
은근히 재촉하는 것이 영호였다."
- **채만식, 《소년은 자란다》**

어떤 일을 빨리하도록 다그침을 이르는 우리말 '재촉하다'의 어원은 한자어 '최촉(催促)'이다. '최촉'은 어떤 일을 빨리하도록 조른다는 뜻이고, '최촉장(催促狀)'은 독촉하는 문서를 이르는 말이다. 조선 시대에 선혜청이나 각 군영에 속하여 조세를 빨리 내라고 다그치러 다니는 일을 맡아 하던 사령을 '최촉사령'이라고 불렀다. 일제강점기인 1919년 3월 1일 독립 만세운동이 일어난 뒤인 3월 28일에 김윤식(金允植)은 총독부에 독립 승인 최촉장을 제출하기도 했다.

길을 걸을 때 엄마는 아이에게 빨리 오라고 재촉하고, 채권자는 채무자에게 빚을 갚으라고 재촉한다.

◦ 재촉하다 | 어떤 일을 빨리하도록 조르다.

## 점찍다

"내가 고모부를 데리고 나가 미리 점찍어 두었던 적당한 장소에다 버리고 달아난다."

- 윤흥길, 《무제》

누군가를 염두에 두고 마음을 정했을 때 흔히 '점찍다'라고 말하는데, 이는 조선 시대의 고위 관리 임명 절차에서 비롯된 말이다. 조선 시대에 이품 이상 관원을 뽑을 때 이조(吏曹)에서 후보 셋을 추천하면, 임금은 그중 마음에 드는 이름에 점을 찍어 관리로 임명했다. 여기에서 유래된 '(점을) 찍었다'라는 말에는 높은 사람이 좋게 생각하고 있다는 뜻이 담겨 있다. '낙점(落點)'이라고도 말한다.

남녀 학생들이 서로 사귀기 위하여 집단으로 만났을 때 마음에 드는 이성을 점찍고, 상점에서 선물을 고를 때 우선순위로 점찍으면서 둘러보게 된다.

◦ 점찍다 | 어떻게 될 것이라고 또는 어느 것이라고 마음속으로 정하다.

# 정화수

"아무것도 모르는 계집아이가
울고불고 야단인 것을 옆구리를 쥐어박아 가며
정화수 떠 놓고 마을 사람들이
성례를 시켜 주었다."
- **박경리, 《토지》**

우물을 신성한 공간으로 여긴 우리 선조의 관습에 따라 '정화수(井華水)'라는 개념이 생겼다. '정화수'는 이른 새벽에 길은 우물물을 가리키는 말로, 우물에서 떠온 맑은 물이란 뜻이다.

수도가 없던 시절에는 날마다 우물에 가서 물을 길어 하루 동안 마실 물을 마련해 두는 게 중요한 일이었다. 특히 하루가 시작하는 새벽에 가장 먼저 뜬 우물물을 성스럽게 여겨 날마다 조왕(竈王: 부엌 신)에게 가족의 평안을 빌면서 정성을 들이거나 약을 달이는 데 썼다. 누군가 아플 때 정화수를 떠 놓고 무사히 지나가게 해달라고 두 손 모아 빌던 풍속은 근대까지 이어졌다.

정화수와 관련된 것으로 '용알뜨기'란 말도 있다. 정월 대보름 날 첫닭이 울 때, 아낙네들이 다투어 정화수를 길어 오던 풍속을 이르는 말이다. 정월 전날 밤에 용이 내려와 우물 속에

알을 낳는데, 남보다 먼저 그 물을 길어서 밥을 해 먹으면 그 해 농사가 잘된다고 믿었다. 그런가 하면 도축업자가 소를 잡기 전에 도살하는 곳 안에도 정화수를 뿌리면서 아무런 사고도 일어나지 않기를 기원했다.

'정한수 떠 놓고'라고 말하는 경우가 많는데, '정한수'가 아니라 '정화수'가 옳은 표기다. 국어사전에서는 '정한수'가 '정화수'의 비표준어라고 규정하고 있다.

---

◦ 정화수 | 이른 새벽에 길은 우물물.

---

# 조금 약간

"그 고함 소리가 무엇이라고 말했는지는
조금도 기억이 나지 않았다."
- 주요섭, 《아네모네의 마담》

"잠자코 있던 칠성이가
약간 떨리는 목소리로 침착히 반문하였다."
- 정비석, 《성황당》

'조금'이란 더 나아지거나 줄어지는 변화를 가리킬 때 쓰는 말이다. 수량이나 시간 변화에서의 '조금'도 마찬가지다. 그렇다면 '조금'의 원래 뜻은 뭘까?

'조금'의 어원은 바닷물과 관계가 있다. 아침에 밀려들었다가 나가는 바닷물 '조수(潮水)'는 바닷가에서 보면 그 수면이 일정하지 않고, 음력 한 달을 주기로 달의 위치에 따라 날마다 달라진다. 수면 차이는 초승달과 보름달일 때 최대가 되며 상현달과 하현달일 때 최소가 된다. 그 차이를 '조차(潮差)'라고 하는데, 조차가 가장 적을 때를 '조금', 가장 클 때를 '사리'라고 한다.

'조금'은 '조감(潮減)'이 변한 말이다. 지금도 '조금(潮-)'은 조수가 가장 낮은 때를 이르는 말로 쓰인다. '조금'이라는 말은 고유어처럼 변하면서 명사로는 '적은 정도나 분량', '짧은 동안', 부사로는 '정도나 분량이 적게', '시간적으로 짧게'를 뜻하게 됐다. '위 조금 아래 골고루'라는 속담은 사람을 대접할 때 윗사람과 아랫사람을 차별하지 않고 대하라는 뜻이다.

'조금'이 변화 차이가 비교적 적은 상태를 나타낸다면, '약간(若干)'은 뭔가에 비교해서 달라진 상태를 나타낸 말이다. '지난해 수능이 쉬웠던 만큼 올해는 약간 어렵게 출제', '시대에 따라 그 뜻은 약간씩 다름'과 같이 차이는 크지 않을지언정 분명히 변화가 있었음을 강조할 때 쓴다. 또한 '약간'은 "무릎이 약간 아픈 것 같다", "고약한 냄새가 약간 나는 것 같다"처럼 얼마 안 되는 변화를 짐작하여 말할 때도 사용한다.

---

◦ 조금 | 정도나 분량이 적게. 시간적으로 짧게.

---

◦ 약간 | 얼마 안 되게. 또는 얼마쯤.

---

# 주책바가지
# 주첫덩어리

"용하는 저 주책바가지 나잇값 하지 못한다,
그런 눈초리로 쳐다본다."
- **박경리, 《토지》**

"나 때문에 성가시게 되어서
주첫덩어리로 생각이 드신다면
난 당신을 다시 만나고 싶지 않아요."
- **이기영, 《신개지》**

'주책바가지'는 주책없는 사람을 놀림조로 이르는 말이다. 그렇다면 '주책'은 무슨 뜻일까?

'주책'은 '일정하게 자리 잡힌 생각'이라는 뜻의 한자어 '주착(主着)'에서 온 말이다. 그런데 20세기 들어 '주책'이 부정어 '없다'와 어울리면서 의미가 부정적으로 변했고, 비하의 뜻을 지닌 '바가지'까지 붙어 주책없는 사람을 놀리는 말로 쓰였다.

'주책을 바가지에 담고 있음'을 나타낸 '주책바가지'는 자기 줏대를 바가지에 담아 되는대로 아무렇게 하는 짓을 나타낸 말이다. 그리고 주책바가지를 줄여 '주책'이라 말하면서 '일정한 줏대가 없이 되는 대로 하는 짓'을 이를 때 썼다. 이런 과정을 거쳐 주책은 상반된 두 가지 의미를 지닌 낱말이 됐다. 일반적으로 철없고 입이 헤픈 사람이나 남 탓만 하는 사람을 주책바가지라고 한다. 누가 "주책바가지인 줄만 알았는데"라고 말했다면, 아무 생각 없는 사람인 줄 알았는데 오해했다는 뜻이다.

이에 비해 '주쳇덩어리'는 처치하기 어려울 만큼 짐스럽거나 귀찮은 일이나 물건을 가리키는 말이다. '주체'는 부담스럽고 귀찮은 것을 처리하거나 감당함을 뜻하는 우리말이고, 그런 것이 덩어리째 있으니 무척 골치 아픈 상황이라는 뜻이다. 하는 짓이 부담스럽고 감당하기 힘든 사람을 '주쳇덩어리'라 말했던 데서 비롯된 말이며, '주책덩어리'는 잘못된 말이다.

◦ 주책바가지 | 일정한 생각이 없이 되는 대로 하는 사람을 놀림조로 이르는 말.

◦ 주쳇덩어리 | 주체하기가 매우 어려운 일이나 물건 또는 그런 사람을 비유적으로 이르는 말.

# 지랄

"밭 임자가 알면 지랄깨나 하겠는데 그래."

- **한수산, 《유민》**

"울고불고 지랄 발광하던 게 누구야?"

- **박경리, 《토지》**

이상한 행동을 하는 사람을 비난하는 속어 중에 "지랄하고 자빠졌네"란 말이 있다. 무슨 뜻일까?

여기서 '지랄'은 지랄병의 준말이며, '지랄병'은 간질(癎疾)을 가리키는 말이다. '간질'은 갑자기 의식을 잃고 쓰러져 온몸이 경직되면서 팔다리에 경련을 일으키는 무서운 병이다. 이처럼 "지랄하고 자빠졌네"라는 말은 간질 환자가 발작을 일으킨 모습을 표현한 말이므로 되도록 쓰지 않는 게 바람직하다.

---

◦ 지랄 | 마구 법석을 떨며 함부로 분별없이 하는 행동을 속되게 이르는 말.

---

# 짜깁기

"신임 사장 내정자가 채용 과정에서
제출한 직무수행계획서가
홈페이지 소개 자료 등을
'짜깁기'했다는 의혹이 제기됐다."
- 〈경향신문〉(2022. 11. 11.)

'짜깁기'는 기존의 글이나 자료를 편집하여 하나의 완성품으로 만드는 일을 가리키는 말이다. '짜깁기'란 원래 옷감의 찢어진 곳을 본디대로 흠집 없이 짜서 깁는 일을 의미한다. 바지의 해어진 부분을 짜깁기하거나, 구멍 뚫린 양말을 짜깁기하는 일이 그런 경우다.

그런데, 이 표현을 글 쓰는 일에도 적용하여 여러 논문을 베껴서 하나의 그럴듯한 논문으로 만드는 일도 '짜깁기'라고 말하게 됐다. '짜집기'는 잘못된 표현이니, 반드시 '짜깁기'라고 해야 한다.

◦ 짜깁기 | 어떤 일이나 이야기의 내용을 이리저리 꿰어서 맞추는 일.

# 철부지

"어른은 언제까지나 어린이를
소견 없는 철부지로만 생각하지만
어린이도 사람이라 생각도 지각도 있으니……."

- 마해송, 《아름다운 새벽》

예문의 '철부지'는 본래 어떤 뜻일까? '철부지'는 '계절'을 뜻하는 고유어 '철'에 한자어 '부지(不知)'가 더해져 생긴 말이다. '철'에는 두 가지 의미가 있다. 일 년 중 어떤 일을 하기에 좋은 시기를 가리키는 '절기(節氣)'와 '계절 변화'가 그것이다. 농경사회에서 철을 모른다는 건 농사를 포기함과 마찬가지고, 일반인이 철을 모른다는 건 상황을 파악하지 못함을 의미한다.

대개 어른은 절기나 계절의 흐름을 잘 알지만, 아이들은 그런 변화에 둔감하고 제대로 모르기 일쑤다. 추워졌는데도 짧은 옷을 입겠다거나 가을이라 추수하고 타작해야 하는데 놀러 나가자고 조르는 것 따위가 철을 모르는 데서 빚어지는 일이다.

이에 연유하여 '철부지'라는 말은 '계절 변화를 모르는 어린 사람'에서 나아가 '상황을 파악하지 못하고 벌이는 행위나 그런 사람'까지 뜻하게 됐다. 철부지는 사리를 분별하는 지각이 없어 보이는 어리석은 사람이므로 '철모르쟁이'라고도 한다.

집안 형편이 어려운데 값비싼 전자 제품을 사달라고 조르거나 조용히 관람해야 할 박물관에서 웃고 떠드는 사람은 어른이든 아이든 철부지라고 말할 수 있다.

∘ 철부지 | 상황이나 처지를 파악하지 못하고 벌이는 행위나 그런 사람.

# 케케묵다

"윤리니 도덕이니 하는 용어부터가
케케묵은 태고나 중세기 이래의 잔재요……."
- 이희승, 《소경의 잠꼬대》

'케케묵다'는 본래 '켜켜이 묵다'라는 뜻으로, '켜'는 포개어 놓은 물건 하나하나의 층을 가리키는 우리말이다. 채만식이 〈얼어 죽은 모나리자〉에서 묘사한 다음 문장에서 켜의 쓰임새를 알 수 있다.

> "호박을 무말랭이 썰듯 썰어 많이 두고 켜를 두껍게 해서 팥 고명을 얹은 호박떡은 아무나 먹기는 별미다."

켜켜이 쌓인 먼지는 시간이 많이 흐른 상황을 알려주듯, 뭐든 켜켜이 쌓일수록 아래에 있는 것은 오래되고 낡을 수밖에 없다. 이에 연유하여 '켜켜이 묵다'라는 표현은 매우 오래되어 시대에 뒤떨어진다는 의미로 쓰였고 발음 또한 '켸켸묵다'를 거쳐 '케케묵다'로 바뀌었다. 오래된 물건뿐만 아니라 '달라진 시대 상황을 이해하지 못하는 생각'에도 '케케묵다'라는 말을 쓴다. 일이나 지식 따위가 아주 오래되어 시대에 뒤떨어진 데가 있음을 가리킬 때 사용한다. 예문의 '케케묵은'은 바로 이런 의미다.

시대 흐름에 무관심하여 사고방식이 너무 케케묵으면 젊은이들과 대화하기 힘들고, 학자나 의사가 새로운 학문을 공부하지 않으면 기존 지식만 고수하는 케케묵은 사람이 될 수 있다. 또한, 역사는 결코 케케묵은 과거의 이야기만이 아니므로, 우리나라의 역사와 문화에 대한 흐름을 알아두는 게 바람직하다.

◦ 케케묵다 | 물건 따위가 아주 오래되어 낡았거나 일, 지식 따위가 아주 오래되어 시대에 뒤떨어지다.

# 텃세

"구두 닦기도 텃세가 있어서
무턱대고 구두통을 메고 쏘다닐 수 없다는 것을
종세는 잘 알고 있었다."

- 최인호, 《지구인》

먼저 자리 잡은 토박이가 외지인이나 뒤에 온 사람을 업신여기며 위세를 떨거나 괴롭히는 일을 '텃세'라고 말한다. 일종의 특권 의식인 '텃세'는 터를 잡고 세를 부린다는 뜻이며 '텃세를 부리다', '텃세가 심하다'의 형태로 쓴다.

한 신문사의 보도로 다시 한번 문제시된 '태움 문화'도 텃세의 연장선상에서 벌어진 일이다. 당시 기사에 언급된 대학병원 관계자에 의하면 '태움 문화로 퇴직하는 사람은 전체 신규 퇴직자 가운데 3분의 1 정도'라고 한다. '재가 될 때까지 태운다'라는 뜻의 태움 문화는 그동안 여러 차례 지적되었음에도 아직도 근절되지 않으니 참으로 안타까운 일이다.

◦ 텃세 | 먼저 자리를 잡은 사람이 뒤에 들어오는 사람에 대하여 가지는 특권 의식.

# 팔푼이

"지가 빙신 팔푼이라 지 맘얼 지도 어찌 못혀서
그리됐제 눈꼽째가리 만치도
시님얼 무시혀서 그런 것이 아니구만이라우."

- 조정래, 《아리랑》

예문에 등장하는 '팔푼이'는 생각이나 행동이 조금 모자라 어리석은 사람을 얕잡아 이르는 말이다. 이 말의 어원은 '팔분(八分)'이고, 그 유래는 일본의 에도 시대로 거슬러 올라간다. 에도막부가 조선 인삼을 적극적으로 수입할 때 일이다. 에도막부는 인삼 거래에만 사용하고자 인삼대왕고은(人蔘代王古銀)이라는 특수 화폐를 발행했으며 1601년부터 은이 80퍼센트 함유된 게이초 은화를 발행하여 조선과 교역했다.

그런데 은이 점차 고갈되면서 문제가 생겼다. 조선과 일본의 교역에서 은이 40퍼센트 정도를 차지했고, 한 해에 인삼 5천 근을 수입하느라 은화 1만 냥을 내어줄 정도였다. 그러자 막부는 고육지책으로 겐로쿠 시대 초기인 1695년에 순도 64퍼센트로 떨어진 '겐로쿠 은화'로 화폐 개혁을 단행했다. 교환가치는 80퍼센트 즉 1전(錢)이 아닌 8푼이었으니, 여기서 '팔푼'이란 말이 생겼다.

10분의 1을 의미하는 분(分)은 일본에서 도입된 제도 '할푼리'가 흔해진 지금의 할(割)에 해당하는 단위다. 또한 생긴 건 멀쩡한데 8푼밖에 안 되는 화폐처럼, 외모는 멀쩡하지만 어딘지 모자란 사람을 '팔푼이'라고 말하게 됐다. 누군가 지능이 조금 부족한 듯이 행동하면 팔푼이라고 놀렸고, 한심한 말을 하는 사람에게 "그런 팔푼이 같은 소리 그만해!"라고 핀잔하기도 했다.

◦ 팔푼이 | 생각이 어리석고 하는 짓이 야무지지 못한 사람을 낮잡아 이르는 말.

# 팽개치다

"만화는 손에 들고 있던 단풍나무 가지들을
길바닥에 팽개치며 물었다."
- 문순태, 《피아골》

'팽개치다'는 '집어던지다'라는 뜻이다. 그렇다면 무엇을 집어던진다는 말일까?

바로 '팡개'다. 팡개란 돌멩이나 흙덩이를 찍어 던지게 만든 대나무 토막을 가리키는 말이다. 대나무 끝을 네 갈래로 쪼개어 십자 모양의 작은 막대기를 물리고, 이를 흙에 꽂아 돌멩이나 흙덩어리를 찍히게 하는 도구다. 팡개를 휘둘러 흙이나 돌멩이를 멀리 날려 보내면, 논밭에 내려앉아 곡식을 쪼아 먹던 새들이 놀라 달아난다.

이렇게 논에 내려앉아 벼 알갱이를 쪼아 먹는 새를 쫓는 행위를 일러 '팡개질'이라 한다. 발음이 점차 팽개질로 변하면서 '팽개치다'라는 말이 나왔다. 거의 사용하지 않는 가구를 창고에 팽개쳐 두는 이도 있고, 몹시 화났을 때 손에 잡히는 대로 물건을 팽개치는 사람도 있으며, 직원의 보고서가 마음에 들지 않아 서류를 팽개치는 상사도 있다.

한편, 새를 쫓으려면 하던 일을 멈춰야 하므로 '팽개치다'라는 표현은 자연스레 '하던 일을 중도에서 포기하다'라는 의미까지 확장됐다. 도박에 중독되어 일을 팽개치고 놀음에만 빠져 지내는 사람이 있고, 빨리 성공하고자 오랫동안 다니던 직장을 팽개치고 사업을 시작하는 사람도 있으며, 거듭되는 흉년에 실망하여 농사일을 팽개치고 다른 직업을 알아보는 농민도 있다.

◦ 팽개치다 | 짜증이 나거나 못마땅하여 물건 따위를 내던지거나 내버리다.

# 하룻강아지

"이 자식은 하룻강아지다.
그는 속으로 윤길이를 비웃었다."
- 한승원, 《겨울 폐사》

'하룻강아지'는 본래 태어난 지 얼마 안 되는 어린 강아지를 일컫는 말이었다. 하룻강아지의 '하루'를 '태어난 날로부터 1일' 혹은 '하루는 1년'으로 풀이하는 설도 있으나 갓 태어난 강아지는 눈뜰 힘조차 없고, 나이 한 살이면 발정하는 성견이므로 여기서의 '하루'는 세상에 나온 지 얼마 지나지 않은 강아지를 과장되게 표현한 것으로 봄이 타당하다.

'하룻강아지 범 무서운 줄 모른다'라는 속담에서처럼 '하룻강아지'는 사회적 경험이 적고 지식이 얕은 어린 사람을 가리키는 말로 쓰인다.

◦ 하룻강아지 | 사회적 경험이 적고 지식이 얕은 사람을 놀림조로 이르는 말.

# 한참

"서림이 간 지 한참 만에 김억석이는
뒷산 파수막을 돌아서 집으로 내려갔다."
- 홍명희, 《임꺽정》

'한참'의 '한'은 '하나'라는 뜻이고, '참'은 역참(驛站)과 역참 사이를 뜻한다. 조선 시대에는 문서 연락이나 기타 공무 수행을 위해 대개 30리마다 역참을 설치하여 말을 준비해 놓았는데, 마패를 보이면 그 마패에 그려진 말의 숫자만큼 빌려서 타고 갈 수 있었다. 그리고 다음 역참에서 다시 다른 말을 갈아타고 갔다.

그러므로 한참이란 역참과 역참 사이의 한 구간 거리, 즉 30리를 뜻한다. 10리는 대략 4킬로미터이므로 '한참'은 12킬로미터인 셈이다. 보통 성인이 평지를 걷는 기준으로 세 시간 정도 되는 거리로, 말을 타지 않고 걸어가는 사람에게는 꽤 멀게 느껴지기 마련이다.

◦ 한참 | 시간이 상당히 지나는 동안.

# 헹가래

"악수 세례가 쏟아지고 등을 두드리고,
체육 시간에는 헹가래까지 시키려고 했지만
형우가 도망을 쳤다."

- 전상국, 《우상의 눈물》

대회에서 우승하는 등 기쁘고 좋은 일이 있는 사람을 축하할 때 헹가래를 친다. 이 말은 가래질과 관련해서 생겼다.

'가래'는 흙을 파헤치거나 떠서 던지는 농기구인데, 삽처럼 생긴 가랫날에 양 귀퉁이를 끈으로 묶어서 양쪽에서 잡아당기고 나머지 한 사람은 손잡이를 붙들고 힘과 방향을 조절한다. 가래로 흙을 파서 던지거나 떠옮기는 일을 '가래질', 흙을 파기 전에 빈 가래로 호흡을 맞춰 보는 일을 '헹가래'라고 한다. 이에 연유하여 사람의 네 활개를 번쩍 들어 올렸다 내렸다 하는 것이 가래질하는 헹가래와 비슷하기에 '헹가래 치다'라고 말하게 됐다.

◦ 헹가래 | 여러 사람이 한 사람의 팔다리를 벌려서 잡고 여러 번 내밀었다가 당겼다가 하는 동작.

# 호박씨 까다

"난 생리적으로 싫어요.
고개를 숙이고 얌전을 빼면서
속으로는 호박씨를 까는 건."
- 유주현, 《하오의 연가》

겉으로는 어리석은 체하면서도 남몰래 엉큼한 짓을 하는 모양을 가리켜 "호박씨 깠다"라거나 "뒷구멍으로 호박씨 깠다"라고 표현한다. 여기에는 다음과 같은 유래가 전해온다.

옛날에 매우 가난한 선비 부부가 있었다. 선비는 글공부에만 매달리고 살림은 오로지 아내가 도맡아 꾸려 나갔다. 먹는 날보다 굶는 날이 많았지만, 이들 부부는 훗날의 행복을 바라보며 어려움을 견뎌냈다. 그러던 어느 날 선비가 밖에 나갔다가 돌아와서 방문을 열었을 때, 아내가 무언가를 입에 넣으려다가 황급히 엉덩이 뒤쪽으로 감췄다. 아내가 자기 몰래 음식을 감춰두고 혼자 먹고 있었다는 사실에, 선비는 불쾌감을 느끼면서 무엇이냐고 물었다. 당황한 아내는 울상이 되어 머뭇거리다가 이윽고 고백했다. 방바닥에 호박씨가 하나 떨어져 있기에 그거라도 까먹으려고 집어서 입에 넣다 보니까 빈

껍질이더라는 것이었다. 그러면서 아내는 눈물을 흘리며 용서를 구했다. 선비는 그런 아내의 말에 너무나 가슴이 아파 함께 껴안고 눈물을 흘렸다고 한다.

이 이야기로부터 남몰래 엉큼한 짓을 하는 일을 '호박씨 까다'라고 말하게 됐는데, 세월이 흘러 나쁜 의미만 남았다. '호박씨 까다'라는 말은 '안 그런 척 내숭을 떨다' 또는 '겉으로 드러나지 않게 은밀하게 일을 꾸미다'라는 뜻으로 많이 쓴다. '뒷구멍으로 호박씨 깐다'라는 속담은 겉으로는 얌전한 체하면서 남이 안 보는 데서나 속으로는 온갖 짓을 다 한다는 말이다.

◦ 호박씨 까다 | 안 그런 척 내숭을 떨다.

겉으로 드러나지 않게 은밀하게 일을 꾸미다.

## 화수분

"주막 주인 말에 귀가 번쩍 띄었던 것이다.
저 산 너머 금점이 있는데
금이 푹푹 쏟아지는 화수분이라고."

- 김유정, 《노다지》

'화수분'은 어떤 것이든 넣기만 하면 꺼낼 때마다 하나씩 늘어나는 그릇을 말하는데, 어원은 진시황 때의 '하수분(河水盆)'이다. 만리장성을 쌓을 때 거대한 물통에 황하(黃河)의 물을 담았는데, 계속 퍼서 써도 줄지 않는 것 같았다고 한다. '황하 물을 채운 동이'라는 뜻으로 '하수분'이라고 부르다가 나중에 '화수분'으로 발음이 바뀌면서 그 안에 어떤 물건이든 넣어 두면 끝없이 나오는 보배로운 그릇을 의미하게 됐다. 작가 전영택이 《조선문단》(1925) 1월호에 단편소설 〈화수분〉을 발표하면서 더욱더 널리 쓰이게 됐다.

◦ 화수분 | 재물이 계속 나오는 보물단지. 또는 재물이 자꾸 생겨서 아무리 써도 줄지 아니함.

# 훌륭하다

"조선 측 군사 수효는 문제도 아니 되오나,
다만 대장들의 용병하는 솜씨가 훌륭하다 합니다."

- 박종화, 《임진왜란》

경험은 훌륭한 스승, 이순신은 훌륭한 군사 전략가, 프란츠 리스트의 피아노 연주는 매우 훌륭하다 등 우리는 여러 방면에서 훌륭하다는 말을 쓰고 있다. 그렇다면 '훌륭하다'의 원래 뜻은 무엇일까?

어근 '훌륭'의 어원은 한자어 '홀륜(囫圇)'이며, 이지러지거나 모자람이 없이 이루어진 완전한 덩어리를 의미한다. 다시 말해 흠을 찾아볼 수 없고 크기나 분량 모두 온전한 모양이 홀륜이다. 더할 나위 없이 온전한 사물을 가리킨 '홀륜'이 '훌륭'으로 발음이 바뀌면서 물체보다 가치 평가에 방점을 찍은 말이 됐다.

◦ 훌륭하다 | 썩 좋아서 나무랄 곳이 없다.

# 휩쓸다

"물은 오물을 휩쓸면서
도수장 한쪽 귀퉁이에 뚫려진
하수도 구멍으로 빠져나간다."

- 방영웅, 《분례기》

'휩쓸다'란 '휘다'와 '쓸다'가 합쳐진 말로 본뜻은 '휘어서 쓸다'다. 빗자루로 바닥을 쓸면 바닥에 떨어져 있는 대부분이 딸려 오고, 안쪽으로 휘어 쓸면 자기 쪽으로 모이게 된다. 이에 연유하여 '휘몰아 거의 차지하다'라는 뜻이 나왔고, '물, 불, 바람 따위가 모조리 휘몰아 쓸다'라는 의미까지 지니게 됐다.

파도에 휩쓸리면 헤어나기 어렵고, 강한 바람이 불면 많은 낙엽이 휩쓸려 떨어지게 마련이며, 태풍이 불면 모든 것을 휩쓸고 지나간다. 휩쓰는 일은 파괴력과 영향력이 무척 크므로 질병, 전쟁, 풍조 따위가 전체에 퍼질 때도 사용한다.

◦ 휩쓸다 | 휘몰아 거의 차지하다. 대체적으로 영향권에 넣다.

# [제2부]

# 어원으로 살펴본 우리말 한자어

# 감질나다

"나는 소년에게 괜히 미안했고 읽다만 만화책의
재미도 여간 감질이 나지 않았다."
**- 박완서, 《그 많던 싱아는 누가 다 먹었을까》**

'감질나다'의 '감질(疳疾)'은 젖이나 음식을 잘 조절해서 먹이지 못하여 생기는 어린이 병을 이르는 말이다. '감병(疳病)'이라고도 한다. 증세는 얼굴이 누렇게 뜨고, 몸이 여위며 땀이 나고 목이 마르며 시원한 것을 찾고, 영양장애나 소화불량 따위가 나타난다.

이에 연유하여 어떤 일이 마음에 차지 않아서 사람이 몹시 애태우는 심정을 감질 증세에 빗대어 표현하게 됐다. 오늘날 '감질나다'는 무언가를 몹시 먹고 싶거나 하고 싶어서 애타는 마음이 생기는 상태를 가리키는 말로 쓰이고 있다.

◦ 감질나다 | 바라는 정도에 아주 못 미쳐 애가 타다.

# 강림

"신장대를 휘두르며 신령의 강림을 비는
늙은 무당의 열띤 동작처럼
지성스럽고 재빠르게 호미를 놀렸다."

- 윤흥길, 《묵시의 바다》

신이 인간 세상으로 내려옴을 강림(降臨)이라고 한다. '강림'은 보살이 인간 세상으로 내려옴을 이르는 불교 용어에서 유래된 말이다. 절망에 빠진 사람들을 구해주고자 하늘에서 인간 세상으로 내려온다는 의미인데, 무속 신앙이나 다른 종교에서도 '신(神)의 출현'을 '강림'이라고 표현한다. 그뿐만 아니라 역사나 신화에서도 강림이란 말이 자주 쓰이며, 단군신화에는 천손강림(天孫降臨) 모습이 전형적으로 드러나 있다. 가야국 시조도 구지봉에 강림했다.

세상이 절망과 혼란에 빠지면, 사람들은 신의 강림을 바라는 경향이 있는데 사이비 종교가 이때 기승을 부린다.

◦ 강림 | 신이 하늘에서 인간 세상으로 내려옴.

# 개국

"개국 공신의 후예는 병신과 천치라 해도 양반이라 해서 대대로 벼슬을 주고……."

- 박종화, 《전야》

나라를 처음으로 세움을 뜻하는 '개국(開國)'이란 용어는 창업(創業) 의지를 확고히 나타내기 위해 연호로 사용되었던 것이 효시다.

'개국'이란 연호는 신라 진흥왕이 최초로 사용했다. 일곱 살 어린 나이에 왕위에 올라 어머니의 섭정을 받던 진흥왕은 만 17세 때인 551년 친정을 시작하면서 개국 연호를 썼다. 이후 진흥왕은 연호 그대로 새로운 국가를 창업하듯 신라의 국가적 면모를 새롭게 다졌고, 568년 대창(大昌)으로 연호를 고쳐 그 발전상을 강조했다.

그 뒤 왕건은 고려를 개국하면서 도읍을 송악으로 옮겼으며, 나라를 세우는 데 공이 많았던 신하에게 '개국공신(開國功臣)'이라 하여 큰 포상을 내렸다. 고려 말엽 이승휴는 단군의 개국으로부터 자신의 시대를 포괄하여 민족의 전 역사 기간에 일어났던 중요한 사적들을 서사시로 적은 《제왕운기》(1287)를 남겼다.

이성계도 조선 창업 직후 공이 큰 신하에게 개국공신 포상을 내렸으며, 개국의 위업을 찬양하고 제왕의 덕을 기리며 천하태평을 구가하는 의식악(儀式樂) 및 연악(宴樂)의 필요에 따라 《용비어천가》를 제작했다. 또한 갑오개혁(1894) 때 1392년을 원년(元年)으로 한 개국기년(開國紀年)을 연호로 채택함에 따라 '개국'이란 말은 오늘날 '조선 건국' 혹은 '나라를 처음 세움'의 의미로 쓰이게 됐다.

◦ 개국 | 나라를 새로 세움.

# 경계

"학교 뒤는 경계가 없이 그대로 산이었다."

- 최인호, 《지구인》

"꿈과 현실의 경계가 얼른 금이 그어지지 않았다."

- 장용학, 《위사가 보이는 풍경》

사물이 어떠한 기준에 의해 나눠지는 한계를 '경계(境界)'라고 한다. 경계는 감각기관 및 의식을 주관하는 마음의 대상을 이르는 불교 용어에서 유래된 말이다. 인과응보 이치에 따라 자기가 놓이게 되는 처지도 경계라고 한다.

일반적으로 자신의 처지는 다른 세계와 구별되므로, '경계'는 사물이 나뉘거나 분간되는 한계를 뜻하는 말로 쓰게 됐다. 물질적·공간적 현실뿐만 아니라 두 번째 예문에서처럼 추상적 관념에서도 경계라는 말을 쓴다.

◦ 경계 | 사물이 어떠한 기준에 의하여 분간되는 한계.

# 경원

"영식이가 자기를 경원하고 살살 빠져
달아나려고만 드는 원인이……"
- **염상섭, 《취우》**

"미운 소리를 하고 비꼬아 대고 하여,
남에게 인심을 잃고 경원을 당하고 하였다."
- **채만식, 《낙조》**

중국인들에게 성인(聖人)으로 추앙받는 공자 사상의 특징은 현실적이라는 데 있다. 그는 초능력자나 귀신 따위는 일생토록 입에 올리지 않았다. 귀신의 존재를 인정하기는 했으나 사람이 우선한다는 생각에서였다. 그는 인간의 문제에 더 강한 애착을 보였으며 귀신에 대해서는 '경원(敬遠)'의 태도로 대했다. 즉 공경은 하되 멀리했다(敬而遠之).

이로부터 경원이라는 말은 공경하되 가까이하지는 않음을 뜻하게 됐고, 나아가 겉으로는 공경하는 체하나 속으로는 꺼려 멀리함을 의미했다. 두 인용문의 의미 모두 후자에 해당한다.

◦경원 | 공경하되 가까이하지는 않음. 또는 겉으로는 공경하는 체하면서 실제로는 꺼리어 멀리함.

# 시말서 경위서

"풍문이란 그 경위를 따질 필요가 없고
따져 볼 재간도 없는 것이다."
- 유주현, 《대한제국》

"그간의 경위에 대해서
오 선생은 한마디도 묻지 않았다."
- 윤흥길, 《직선과 곡선》

경위(經緯)에서 經(날실 경)은 糸(실 사)와 巠(지하수 경)이 결합한 글자다. 巠은 땅 밑에 흐르는 시내, 즉 지하의 수맥을 의미하며 '길다', '거침없다', '빠르다'의 뜻을 지니고 있다. 그러므로 經은 '기다란 실'이다. 緯(가로 위)는 糸(실 사)와 韋(다룸가죽 위)의 결합한 글자다. 韋는 口(입 구)를 사이에 두고 위아래 획이 서로 어긋나 있는 모양으로 본디 뜻은 '어긋나다'였다. 緯는 '어긋나는 실'인 셈이다.

종합해 보면, 經緯는 '기다란 실과 어긋나는 실'이다. 옛날에 베를 짤 때 먼저 베틀에 세로로 긴 실을 걸친 다음 또 다른 실을 가로로 겹쳤다. 이때 세로 방향 실을 經, 가로 방향 실을 緯라고 했다. 씨줄과 날줄인 것이다. 그런 까닭에 '경위'는 어떤 사물이나 사안을 이루는 구조, 얼개 나아가 '일이 되어 온 과정이나 경로'를 뜻하게 됐다.

흔히 직장에서 어떤 사람이 문제를 일으키거나 일을 잘못 처리했을 때, 당사자에게 경위서를 제출하라고 말한다. 이때의 경위서는 사건이 일어난 과정을 자세히 적은 문서를 이른다.

비슷한 말로 사용하는 '시말서(始末書)'는 일본식 한자어로, 의미도 미묘하게 다르다. 일본에서 始末書(しまつ-しょ: 시마츠쇼)는 잘못을 사죄하기 위해 사정을 적어 관계자에게 제출하는 서류다. 여기에는 자아비판이 담겨 있다. 그러므로 되도록 경위서 혹은 전말서(顚末書)로 말함이 바람직하다.

◦ 경위서 | 일이 되어 온 과정이나 경로를 적은 서류.

# 곡차

"술을 마시지 말라는 계율이
곡차라는 이름 때문에 허물어졌다."
- 일화

조선 중엽 진묵대사는 술을 매우 좋아한 기승(奇僧)으로 유명한데 그에게는 특이한 습관이 있었다. 상대방이 술 한 잔을 권하면 술을 마시지 않고, '곡차(穀茶)'라고 말해야만 마셨다. 이때부터 '곡차'라는 말이 생겼는데, 오계명(五戒銘) 가운데 불음주(不飮酒) 계율을 범하지 않겠다는 소극적인 자제력에서 나온 행위였다.

"마셔서 정신이 몽롱하게 취하면 술(酒)이요, 정신이 맑아지면 차(茶)다."

이렇게 말한 진묵대사의 주량은 엄청나서 술을 마시면 마실수록 정신이 맑아졌다고 한다. 진묵대사에게는 술이 술이 아니라 곡차였던 셈이다.

◦ 곡차 | 사찰에서, '술'을 이르는 말.

# 공갈

"공갈에 기가 질려 한기까지 든 여편네가
바들바들 떨고만 앉아 있었다."
- 김주영, 《객주》

"이제는 알 만큼 알아서
그런 꼼수와 공갈에 안 넘어간대."
- 김원우, 《짐승의 시간》

사마천은 《사기》에서 '남의 약점을 빌미로 윽박지르고 을러댐'을 '공갈(恐喝)'이라고 표현했다. 恐(두려울 공), 喝(꾸짖을 갈). 문자 그대로, 대개는 상대가 두려움을 느낄 정도로 을러대기에 공갈은 '강한 협박'의 의미를 지닌다. 첫 번째 예문의 공갈이 그렇다. 폭력배는 선량한 상인이나 시민에게 돈 내라고 공갈치다가 구속되는 일이 많다.

공갈은 속어로 '거짓말'이란 의미로 쓰이기도 한다. "공갈치지 마"라고 하는 말은 "거짓말하지 마"라는 의미로 통용된다. 이때의 공갈은 협박이 아니라 '과장된 허풍'이다. 을러댐이 허풍으로 끝난 경우가 많은 데서 갈라져 나온 뜻이다.

◦ 공갈 | 공포를 느끼도록 윽박지르고 을러댐. 또는 '거짓말'을 속되게 이르는 말.

# 과학

"과학은 합리적인 것에서 출발했지만
결국 이성 잃은 인간에게
칼을 쥐어 준 결과가 된 거지."
**- 박경리, 《토지》**

오늘날 '과학(科學)'이란 조직적이고 체계적인 모든 지식을 말하는데, 옛날 중국에서는 그것을 격물치지(格物致知), 줄여서 격치(格致)라고 했다. '격물치지'는 모든 사물의 이치를 끝까지 파고들어 앎에 이른다는 뜻이다. 명나라 말기에 아리스토텔레스의 과학 이론을 소개한 책을 번역했을 때도, 책 이름을 《공제격치》라고 했다. 공제는 자연, 격치는 과학이므로 요즘 말로 하면 '자연과학'인 셈이다

현재와 같은 의미의 '과학'이라는 말은 일본에서 들어온 명칭이며, 1896년에 청나라의 양계초(梁啓超)는 《변법통의》라는 글을 발표하면서 일본에서 만든 '과학'이라는 용어를 인용했다. 2년 뒤 강유위(康有爲)가 재차 인용했고, 이때부터 '과학'이 '격치'라는 말 대신 널리 사용됐다.

일반적으로 과학의 출발점은 천문학으로 여겨진다. 고

대 세계에서 별자리를 보며 초자연적이고 신성한 종교의식을 치른 것이 시초이며, 천문학에서 수학이 태동했고 문자가 탄생했다. 이후 연금술, 의학, 지리학 등이 국가에 의해 장려됐으며 19세기 들어 기계문명이 급속히 발전했다. 점성술이 횡행하던 중세 시대를 '과학의 암흑시대'라고 부르고, 현대를 과학과 기술을 토대로 한 기계문명 시대라고 하지만, 먼 훗날에 보면 지금의 과학기술 역시 초보적인 수준일 수도 있다.

과학은 넓은 뜻으로는 학(學), 좁은 뜻으로는 자연 과학을 이른다. 구체적으로 말하자면, 사물의 현상에 관한 보편적 원리 및 법칙을 알아내고 해명함을 목적으로 하는 지식 체계나 학문이 과학이다.

◦ 과학 | 보편적인 진리나 법칙의 발견을 목적으로 한 체계적인 지식.

## 순대
## 관장

"관장이란 항문을 통하여
대장 내에 약액을 주입하는 것을 의미한다."

**- 약학정보원, 〈약물백과〉**

"초순이는 떡과 순대와 오징어를
어느 장정 못잖게 열심히 먹어 두었다"

**- 이문구, 《장한몽》**

灌(물 댈 관), 腸(창자 장) 두 자로 이뤄진 '관장(灌腸)'은 본래 중국에서 순대를 이르는 말이었다. 원나라 때 간행된 종합생활백과전서인 《거가필용》은 돼지 창자로 만든 순대를 '관장'으로 기록하고 있다. 원나라를 세운 칭기즈칸은 대륙을 정복할 때 순대를 전투식량으로 사용했다고 하는데, 그 순대를 '관장'이라고 표기한 것이다.

원나라가 멸망하고 명나라, 청나라를 거치면서 '관장'은 전혀 다른 뜻이 되었는데, '약물을 항문으로 넣어서 장에 들어가게 하는 일'을 의미하는 말로 변했다. 입으로 약을 먹지 못하는 상황의 아기나 변비 환자를 위한 처방으로 이용된다.

한편 돼지 창자에 여러 재료를 넣고 삶아 익힌 음식인 '관장'은 청나라 시기를 거치면서 만주족 언어인 '순타'로 바뀌었고, 이 발음이 그대로 조선에 전해졌다. 조선 정조 때인 1779

년에 편찬된 한어 및 만주어 사전《한청문감》에 '순타'라는 기록이 처음 보인다. 1897년에 편찬된《한영자전》에는 '슌듸'로 기록돼 있고, 1920년에 편찬된《조선어사전》에는 '순대'로 표기돼 있다.

우리나라에서 순대는 여러 가지 변형된 음식으로 재탄생했다. 말린 민어 부레에 채소와 고기를 넣은 '어교순대', 속을 파낸 가지에 고기와 채소 등을 넣고 찐 '가지순대', 오징어 몸통에 양념으로 다진 소를 다져 넣어 찐 '오징어순대' 등 다양하다.

---

◦ 관장 | 약물을 항문으로 넣어서 장에 들어가게 하는 일.

◦ 순대 | 돼지 창자에 양념한 속을 넣고 삶아 익힌 음식.

# 교활

"우리가 일본 놈들의
교활한 악선전에 넘어갔을 뿐이고……"

**- 정비석, 《비석과 금강산의 대화》**

중국 고대의 기이한 이야기를 다룬 《산해경》에 따르면, 옥산(玉山)에 '교(狡)'라는 동물이 살았다. 몸의 형태는 개와 비슷하고, 울음소리 역시 개와 흡사하지만, 머리에 쇠뿔이 달려 있고 몸에 표범처럼 반점이 있다는 점이 달랐다. 이 '교'라는 동물이 사람들 눈에 뜨이게 나타나면 그해에는 여지없이 풍년이 들었다. 하지만 교는 세상에 나올 듯 말 듯 하다 나오지 않고 약만 올리는 경우가 많았다. 사람들 입장에서는 애타는 일이었지만, 교는 그걸 즐기는지 좀처럼 모습을 보여주지 않았다.

한편 요광산(堯光山)에는 '활(猾)'이라는 동물이 살았는데, 그 성질이 간악했다. 활의 몸에는 뻣뻣한 털이 많았고, 동굴에서 겨울잠을 자곤 했다. 잠에서 깬 활이 크게 울어대면 온 천하가 큰 혼란에 빠지므로, 사람들은 활의 울음소리를 흉조로 여기며 두려워했다.

'활'은 산에서 호랑이 같은 맹수를 만나면 특이한 행동을 했다. 자기 몸을 구부려 공처럼 만들어 맹수가 잡아먹기 좋게 해준 뒤, 호랑이가 입을 벌려 삼키면 뱃속으로 들어가서 내장을 마구 파먹으며 호랑이가 날뛰다가 죽기를 기다렸다. 그러면 구멍을 파고 유유히 빠져나와 미소 지었다. 여기에서 '교활한 미소'라는 관용구가 나왔다.

'교'나 '활'이 속임수를 많이 썼기에, 사람들은 '간사하고 꾀가 많음'을 가리켜 '교활(狡猾)'이라고 말하기 시작했다. 주로 자기 이익을 취하고자 남의 약점을 노려 함정을 파거나 상대를 속여가며 이용할 때 '교활하다'라고 말한다.

◦ 교활 | 몹시 간사하고 꾀가 많음.

# 귀감

"자네 어르신네야말로,
우리네가 귀감으로 삼을 만한 분이었지.
아무나 그럴 수 있는 게 아닐세."

- 서기원, 《마록열전》

'귀감(龜鑑)'이란 말은 처신(處身)과 관련하여 생겼다.

옛날 중국에서는 거북의 등을 불에 구워 갈라지는 금을 보고 길흉을 점쳤다. 그것을 '귀(龜)'라 했는데, '귀'는 거북의 모습을 위에서 본 그림이다. 이에 비해 '감(鑑)'은 거울이 없던 시절, 거울 역할을 했던 물그릇에 비친 모습이다. 그러므로 '귀감'은 본래 거북과 거울에 나타난 조짐이나 모습을 보고 자신을 바로잡는다는 뜻이다. 이에 연유하여 오늘날 '귀감'은 '거울삼아 본받을 만한 모범'이라는 뜻으로 쓰이고 있다.

◦ 귀감 | 거울삼아 본받을 만한 것.

# 급살

"이거 팔자에 없는 마님 소릴 듣고
밤새 급살이라도 만나면 어떡하지?"
- **박경리, 《토지》**

흔히 "살이 끼었다"라고 말할 때, '살(煞)'은 매우 나쁜 액운을 뜻한다. 직접 만지거나 볼 수는 없지만, 일단 인간에게 붙으면 각종 재앙을 가져다주는 불길한 존재로 인식된다. 망신살, 초상살 등등 살의 종류는 수없이 많으며, 살이 붙으면 삶에 큰 불행이 닥친다고 여겨진다.

'살'은 殺(죽일 살)과 발음이 같고, 역시 '죽음'을 뜻한다. 특히 갑작스럽게 들이닥치는 급살(急煞)은 가장 무섭다. 이 급살을 우리 조상은 아주 흉악한 귀신에 비유하기도 했다. 이런 인식에서 "급살 맞아 죽을 놈"이라는 끔찍한 욕도 나왔다. '급살 맞다'라는 말은 '갑자기 죽다'라는 뜻이다.

---

◦ 급살 | 갑자기 닥치는 재앙과 액.

---

# 기고만장

“농민군은 황토재에서 이긴 것만 가지고
기고만장이었으나 조정군에서 도망쳐 온
병사들 이야기를 들어 본 두령들은
모두 속으로 고개를 젓고 있었다.”

**- 송기숙, 《녹두장군》**

‘기고(氣高)’는 ‘기운이 높이 올라감’을 뜻하고, ‘만장(萬丈)’은 ‘어른 키의 만 배’라는 뜻이다. 따라서 ‘기고만장’은 기운이 어른 키의 만 배만큼 하늘로 뻗쳤다는 뜻이다. 예전에는 자만할 때뿐만 아니라 분노하여 펄펄 뛸 때 기고만장하다고 표현했다. 박경리 대하소설 《토지》에 아래와 같은 묘사가 있다.

> “기고만장 하늘 높은 줄 모르고 날뛰고 온통 동네를 휘어잡고, 이거는 주재소 순사 놈은 저리 나앉아라, 그런 식이다.”

요즘에는 일이 뜻대로 잘될 때 자기가 잘난 줄 알고 우쭐하여 뽐내는 모습을 보고 ‘기고만장’이란 말을 쓰고 있다. 옛날 사납게 휘젓는 기세가 지금은 우쭐함으로 살짝 바뀐 것이다.

◦ 기고만장 | 우쭐하여 뽐내는 기세가 대단함.

# 기별

"혹시 딸에게서 무슨 놀라운 기별이나
오지 않는가 하고 그는 배달부만 왔다 가도
가슴이 덜컥 내려앉았다."

- 이기영, 《신개지》

조선 시대 승정원에서는 국왕의 재결 사항을 기록한 조보(朝報)를 날마다 발행했다. 조보에 조정의 결정 사항, 관리 임면(任免), 지방관의 보고서를 비롯하여 사회의 돌발 사건까지 실었으므로, 조정의 동향을 알고자 하는 사람들에게 인기가 많았다. 특히 연줄로 출세하고자 하는 사람은 누가 승진했고 어디로 발령이 났는지, 매일 조보를 기다려 살펴봤다.

조보는 '기별지(奇別紙)'라고도 불렸으며, 이에 연유하여 '기별'이란 '다른 곳에 있는 사람에게 소식을 전함'이라는 의미를 가지게 됐다. 또 먹은 음식이 양에 차지 않을 때, 음식이 간까지 전달되지 않았다는 뜻에서 '간에 기별도 안 가다'라고 말하게 됐다.

◦ 기별 | 다른 장소에 있는 사람에게 어떤 사실이나 소식을 전하여 알게 함.

# 기특하다

"딴은 그럴듯한 얘기였으나 이미 노중에서
산전수전을 다 겪은 묘옥인지라
웃음으로 넘기면서 아이의 어른스러운 염려를
기특하게 생각하였다."

- 황석영, 《장길산》

'기특(奇特)하다'란 본래 부처님이 이 세상에 온 일을 가리키는 말로 '매우 드물고 특이한 일'을 뜻했다. 오늘날에는 주로 어린이를 칭찬할 때 쓰인다. 어린아이 생각으로 쉽지 않은 일을 했을 때 보기 드문 일이기에 '기특'이라는 말로 놀랍고도 대견한 마음을 표현한 것이다. 일반적으로 말이나 행동이 특별하여 귀엽게 보일 때 '기특하다'라고 말한다.

아픈데도 환하게 웃는 아이가 기특하고, 부모가 외출한 사이 집 청소를 말끔하게 해 놓은 아이도 기특하며, 용돈 벌겠다고 뙤약볕에서 땀 흘리는 아이도 기특하다.

◦ 기특하다 | 뛰어나고 특별하여 귀염성이 있다.

# 낙서

"그에게는 이곳의 작은 샛길과
담 모퉁이의 얼룩이며 낙서까지도
모두 낯익은 것들이었다."

- 황석영, 《무기의 그늘》

낙서는 심심풀이로 아무 데나 함부로 쓴 글씨나 그림을 가리키는 말이다. 그런데 왜 글을 뜻하는 書(글 서) 자 앞에 落(떨어질 락) 자를 붙였을까?

낙서(落書)라는 단어는 일본 에도 시대에 만들어졌다. 무사의 지배에 신음하던 힘없는 백성이 불만을 배출하는 수단으로 쪽지를 이용한 일이 시초였다. 즉 무사 계급의 억압, 지배계급의 수탈과 부조리함을 적은 쪽지를 길거리에 슬쩍 떨어뜨린 '오토시 부미(落文)'가 낙서의 원조다.

오토시 부미는 뒷날 특정인의 집에 던져 넣은 협박 쪽지나 투서를 의미하는 말로도 쓰였다. 하지만 떨어뜨린 쪽지와 투서의 구분이 필요해짐에 따라, 사람들이 집어 가기 쉽도록 눈에 잘 띄는 길에 떨어뜨린 쪽지는 '낙서(落書)', 즉 '라쿠쇼(らくしょ)'라고 구분하여 말했다. 이후 아무 곳에나 즉흥적으로

쓴 글이나 짧게 쓴 단상(斷想)도 낙서라고 말하게 됐다.

낙서는 일제강점기에 우리나라에 우리식 한자 발음으로 전해지면서, '아무 데나 멋대로 쓴 글'이라는 의미로 통용됐다. 학생이 칠판에 적은 장난스러운 글이나 그림도, 연습장에 아무렇게나 끄적거린 글도, 화장실 벽에 적어 놓은 의미 없는 농담도 모두 낙서라고 한다.

◦ 낙서 | 글씨나 그림 따위를 장난이나 심심풀이로 아무 데나 함부로 씀.

"남산의 푸르던 소나무는 가지가 휘도록
철겨운 눈덩이를 안고 함박꽃이 피었다."
- 현진건, 《적도》

# 남산

목멱산을 '남산'이라 부르고, 전국에 '남산'이 많은 까닭은 무엇일까? 서울 한복판에 있는 높이 265미터인 남산(南山)의 한자어 이름은 목멱산(木覓山)이다. 목멱산의 원래 이름은 '마뫼'다. '마'는 '앞', '뫼'는 '산'의 우리말이니, '앞산'이라는 뜻이다. 그런데 마뫼를 이두식 표기로 '목멱'이라 했고, 여기에 중복된 글자 '산'을 더해 목멱산이라 불렀다.

예전에는 궁궐이나 마을의 남쪽을 '앞'으로 생각했으므로 앞에 보이는 산을 흔히 '남산'이라고 불렀다. 서울의 남산 역시 경복궁에서 바라볼 때 정면에 위치해 있다. 다른 지역에서도 마찬가지로 남쪽을 '앞'으로 여겼다. 전국 각지에 남산이 많은 이유가 여기에 있다.

◦ 남산 | 남쪽에 있는 산.

# 낭패

"곡식을 가득 실은 마바리를 잃어버렸다면
실로 이만저만한 낭패가 아니었다."

- 문순태, 《타오르는 강》

오랜 옛날, 태어날 때부터 뒷다리 두 개가 아예 없거나 매우 짧은 '낭(狼)'과 앞다리 두 개가 아예 없거나 매우 짧은 '패(狽)'라는 동물이 있었다. 낭과 패는 혼자서 다닐 수 없었으므로, 항상 낭이 패를 등에 태워서 한 몸처럼 돌아다니며 먹이를 구했다.

'낭'과 '패'의 외모는 개처럼 생겼지만, 기질과 능력은 크게 달랐다. 낭의 성질은 사납고 용맹한 반면에 슬기로운 꾀가 부족했고, 패의 성질은 순하고 겁이 많았지만 꾀가 많았다. 하여 패가 작전을 짜고 낭이 공격해서 먹이를 잡곤 했다. 호흡이 척척 맞아 항상 사냥에 성공했다.

그러던 어느 날 둘이 다퉜고, 감정이 상한 나머지 낭과 패는 떨어져 지냈다. 시간이 지나면서 배가 몹시 고파졌지만 둘은 고집을 피우며 상대에게 다가가지 않았다. 서로 상대가 먼저 사과하고 다가오기를 바랄 뿐 자신이 먼저 다가가 화해할 생각을 하지 않았다. 결국 낭과 패는 아무것도 할 수 없었다. 맛있는 먹잇감을 발견해도 그림의 떡이므로 그저 입맛만 다시며 배고픔을 참아야 했다.

중국 당나라 때 단성식이 지은 수필집 《유양잡조》에 나오는 설화다. 이 이야기에서 비롯하여 '바라던 일이 실패로 돌아가 매우 딱하게 됨'을 '낭패(狼狽)'라고 말하게 됐다.

오늘날 낭패란 전제 조건이 진행되지 않아 어려운 곤경이나 처지에 빠질 때 사용하는 말이다. 비가 내리지 않으면 농사에 낭패를 보고, 책임감 없는 사람과 동업하면 사업에서 낭패를 당하기 쉽다. 예문의 '마바리'란 짐 실은 말을 이르므로, 운반해야 할 곡식을 잃어버렸으니 명백한 낭패다.

---

◦ 낭패 | 계획한 일이 실패로 돌아가거나 기대에 어긋나 매우 딱하게 됨.

# 내각

"오늘 내각에서 관찰사들을
회동하고 직무를 훈칙한다더라."

- 〈대한매일신보〉

"이어 전격으로 조각된
새 내각의 명단이 발표됐다."

- 유주현, 《대한제국》

'내각(內閣)'은 공개 정치에서 비롯된 말이다. 고대 중국에서 정사를 의논하고 결정할 때는 문을 걸어 잠그고 비밀리에 하지 않고, 높은 다락집(閣)에서 문을 열고 공개적으로 진행했다. 여기에서 비롯된 '내각'은 각(閣) 안(內)에서 회의를 한다는 뜻이다.

우리나라에서 '내각'은 1895년 대신들로 구성되는 합의체 형식의 정책심의기관으로 나타났다. 대신은 국왕을 보필하며 소관 사항에 대하여 책임지는데, 법령, 예산, 결산, 국제조약 등 나랏일의 중요한 건은 반드시 내각회의를 거친 뒤 국왕의 재가를 받아 시행했다. 오늘날에는 국무위원으로 구성된 최고 정책 결정 기관을 가리킨다.

◦ 내각 | 국가의 행정권을 담당하는 최고 합의 기관.

# 농성

"그들이 농성하는 동안에 다른 인부들은
친일파 십장들의 감독 아래
하물을 선적하는 일을 하였다."

- 문순태, 《타오르는 강》

장지연의 《만국사물기원역사》에 따르면, '오월춘추(吳越春秋)에 성(城)을 쌓아 군(軍)을 지키고(衛) 곽(郭)을 만들어 백성(民)을 지킨(守) 것이 성곽(城郭) 효시'라고 한다. 중국 성문은 기본적으로 한 방향을 바라보고 삼문(三門)으로 되어 있었다. 또한 성문 전면에 옹성이라는 소곽(小郭: 작은 성벽)을 설치했다.

이 옹성은 매우 강해서 '농성(籠城)'이란 말을 낳았다. 정예 병사들이 지키던 옹성이 무너지면, 급히 성안으로 들어가 성문을 굳게 잠그고 철저하게 성을 방어했는데 그 일을 '농성'이라 일렀다. 오늘날 '농성'은 어떤 자리를 차지하고 자신의 권리를 주장하는 일을 뜻한다.

---

◦ 농성 | 어떤 목적을 이루기 위하여 한자리를 떠나지 않고 시위함.

---

# 단말마

"짐승의 것과 다름없는 단말마의 비명 소리가
어두운 공간을 찢어 내렸다."

- 유주현, 《대한제국》

단말마(斷末魔)에서 '단'은 한자어 '斷(끊을 단)'이고, '말마'는 산스크리트어 마르만(marman) 발음을 그대로 옮겨 쓴 한자어로 관절이나 육체의 치명적 '급소'를 의미한다. 말마를 자르면(斷) 죽음에 이른다. '단말마'란 목숨이 끊어질 때의 고통을 나타낸다. 사람이나 동물이 죽기 직전 크게 괴로워하는 순간을 일러 흔히 '단말마의 고통'이라고 한다. 한승원의 소설 〈폐촌〉에 다음과 같은 표현이 있다.

"눈이 허옇게 뒤집힌 채 사지를 옆으로 뻗은 개의 몸에는 마지막 단말마의 경련이 지나가고 있었다."

◦ 단말마 | 숨이 끊어질 때의 마지막 모진 고통.

# 대통령

"헌법 초안은 급전직하로 대통령 중심제로
고쳐져서 국회에 제출된 것이었다."

- 박태순, 《어느 사학도의 젊은 시절》

19세기 말엽 미국 최고 통치권자인 '프레지던트(president)' 존재가 동양에 알려졌을 때 일본은 대통령(大統領), 중국은 대총통(大總統)이라고 의역했다. 오늘날 대만에서 쓰는 총통(總統)은 바로 대총통의 줄임말이다. 본래 '통령'과 '총통'은 오래전부터 있던 관직명이었다. '통령'은 12세기 남송 때부터, '총통'은 청나라 때부터 각각 부통령, 부총통을 수하에 거느린 고위직이었다. 따라서 대통령, 대총통은 최고위직이라는 뜻에서 만들어진 국왕의 상대적 개념이다.

왕조 시대의 국왕은 절대적 지배자였지만, 민주공화국의 대통령은 국민의 심부름꾼이지 지배자가 아니다.

◦ 대통령 | 외국에 대하여 국가를 대표하는 국가의 원수.

# 도량이 넓다

"그는 도량이 넓고 앞을 내다보는 눈이 밝다 해서 당대에 이름 높은 재상이었다."

- 유주현, 《대한제국》

'도량이 넓다'라는 관용어는 길이를 재는 자(度)와 부피를 재는 되(量), 무게를 재는 저울(衡)을 모두 이르는 도량형(度量衡)이란 말에서 유래했다. 깊이와 넓이를 잴 수 없을 만큼 '깊은 생각과 넓은 마음'을 비유하는 말로 '도량'을 썼고, 마음이 넓고 생각이 깊어 사람이나 사물을 잘 포용하는 품성을 '도량이 넓다'라고 말하게 됐다.

◦ 도량 | 사물을 너그럽게 용납하여 처리할 수 있는 넓은 마음과 깊은 생각.

# 독대

"조선 시대에 정승들은 긴급한 사안이 있을 때 임금을 독대하여 그 사안을 말로 아뢰었다."

- 역사

흔히 정치인이나 고위 행정 관료가 제삼자를 배석시키지 않고 대통령을 단독으로 만나는 일을 '독대(獨對)'라고 표현하는데, 이는 조선 시대의 윤대(輪對) 관행에서 비롯된 말이다. '윤'은 돌림차례를 의미하고, '대'는 관리들이 임금을 만나는 일을 뜻한다. '윤대'란 곧 각 관청의 당하관들이 돌림차례로 국왕을 만나는 일을 가리켰다.

그런데 '대'에도 구분이 있었으니, 관리들이 정기적으로 임금을 만나면 '차대(次對)', 임금이 특별히 관리를 불러서 만나면 '소대(召對)', 신하의 요청에 따라 만나면 '청대(請對)', 경연(經筵)에서 임금과 신하가 만나면 '연대(筵對)', 임금이 신하와 단독으로 만나면 '독대'라고 불렀다.

조선 효종 때 송시열은 《독대설화》라는 책에 임금과 독대했을 때 대화한 내용을 담았는데, 여기에는 그 무렵 의욕적으로 북벌정책을 추진한 임금의 심중이 자세히 기록되어 있다. 당시 사관과 승지까지 내보낸 채 이루어진 독대는 제도적으로 금지된, 매우 이례적인 일이었으므로, 당시 효종이 송시열을 얼마나 신임했는지 알 수 있다

오늘날에는 윤대의 많은 표현 중에 '독대'만이 남아, 주로 통치권자의 두터운 신임을 과시하는 정치적 용어로 쓰인다. 회장님과의 독대, 큰스님과의 독대, 교황과의 독대 등으로 쓰인다.

---

◦ 독대 | 어떤 일을 의논하려고 단둘이 만나는 일.

# 두문불출

"그로부터 꼬박 사흘 동안
박 첨지는 자리에 누워 두문불출하였다."
- 하근찬, 《왕릉과 주둔군》

태조 이성계는 처음엔 고려를 그대로 계승하여 국명도 고려로 하고 서울도 송도에 두는 한편 고려의 옛 신하들도 등용하려 했다. 그러나 고려 충신들은 이에 반대하여 산야에 숨어드는 사람이 많았다. 휘하에 능력 뛰어난 신하도 적고, 따르는 민심도 수상하니 태조의 마음은 편하지 않았다.

이성계는 경기도 개풍군 광덕산 서쪽 골짜기 두문동(杜門洞)에 숨어버린 고려의 문무 신하 백여 명에게 희망을 걸었다. 조정이 바뀌니 쑥스럽고, 옛날 동료였던 사이에 군신의 예를 갖추자니 세상 사람들의 이목도 있어 일단은 숨어 있지만 얼마간 시간이 지나면 자기에게 돌아오리라 생각했다.

그러나 태조의 예상은 빗나갔다. 태조가 세 차례에 걸쳐 두문동으로 심부름꾼을 보내어 입조(入朝)를 권했으나 아무도 응하지 않았다. 태조는 최후 수단을 썼다. 두문동 주위에 장작을 성처럼 둘러쌓게 하고 한 곳에만 출입구를 만든 다음 기름을 부어 불을 질렀다. 결과는 더욱 비참했다. 단 한 사람도 밖으로 나오지 않았고, 문신 72명, 무신 40여 명이 정좌한 채 그대로 불에 타서 죽고 말았다. 고려왕조 신하들의 장렬한 죽음을 본 태조는 비감 어린 심정을 어쩌지 못했다고 한다. '두문불출'이라는 말은 이렇게 생겨났다.

오늘날 두문불출은 집에만 머무른 채 세상 밖으로 나가지 않음을 이르는 말로 쓰이고 있다.

◦ 두문불출 | 외출을 전혀 하지 않고 집안에만 틀어박혀 있음.

# 둔갑

"산이 아니더라도 이 근처엔 고양이가 둔갑을 해서 사람을 잡아먹는 일이 있습지요."
- 유주현, 《대한제국》

기문둔갑(奇門遁甲)이란 고대부터 내려온 점술로 특히 병법에 많이 응용됐다. '둔갑(遁甲)'이란 갑(甲)을 숨겼다(遁)는 뜻인데, 갑을병정무기경신임계(甲乙丙丁戊己庚辛壬癸) 십간(十干) 중에서 갑을 제외한 나머지 아홉 개만 사용하여 사방팔방의 기운을 다스려 목적한 것에 대한 운(運)을 최대한 상승시키는 방법이다.

요컨대 기문둔갑은 본래 음양 변화에 따라 몸을 숨기고 길흉을 택하는 용병술이었으나, 후에 점복술에서 자기 몸을 감추거나 다른 것으로 바꿈을 이르는 술법 용어로 둔갑이란 말을 썼고, 오늘날에는 사물의 본래 형체나 성질이 바뀌거나 가리어짐을 비유적으로 가리키고 있다.

◦ 둔갑 | 사물의 본디 형체나 성질이 바뀌거나 가리어짐.

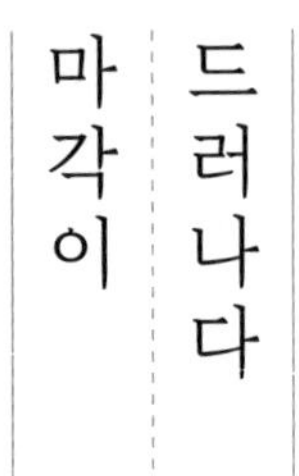

# 마각이 드러나다

"8월 말로 접어들자
그들은 차츰 흉악한 마각을
드러내기 시작했다."

- 홍성원, 《육이오》

고대 중국에서는 연극을 할 때 실물 대신에 소품을 사용하는 경우가 많았다. 때로는 그림이나 형상을 만들어 대신했는데 말도 마찬가지였다. 진짜 말은 통제하기 어려우므로, 말 타는 장면에서는 대나무 따위로 말의 모습을 만든 다음 천을 씌워 그 안에 사람이 들어가서 움직였다. 그런데 잘못하여 말로 분장한 연기자가 넘어지거나 천이 벗겨지면 영락없이 말의 다리가 드러나게 된다. 이에 연유하여 '마각(馬脚)이 드러나다'라는 말은 '감춘 것이 밝혀지다'라는 뜻과 함께 '사건의 진실이 밝혀지다'라는 뜻으로 쓰이게 됐다. 주로 감춰진 진실이 드러났을 때 쓴다.

◦ 마각이 드러나다 | 숨기던 일이나 본성이 드러남을 이르는 말.

# 명함

"명함에서 보신 것과 마찬가지로
상해 토지 주식회사 서무과장으로 있는
사람입니다."

- 한용운, 《흑풍》

성명과 신분이 적힌 명함(名銜)의 본래 이름은 '명자(名刺)'였다. 중국 춘추시대에 대나무 조각에 이름을 적은 데서 유래했으며, 명나라 때는 종이나 비단에 출신지와 이름을 적은 '명첩(名帖)'으로 바뀌었다. 처음 만나는 사람에게 건네는 게 예절이었다. 그 뒤 인쇄한 '명편(名便)'이 등장했고, 명편이 한국과 일본에 전해져 명함이 됐다.

조선에서는 연말연시에 웃어른께 인사드리러 갔다가 안 계시면 자기 이름을 적은 종이를 놓고 오는 세함(歲銜) 풍습이 있었는데, 이는 현재 명함의 성격보다는 연하장의 의미가 더 컸다. 명함은 근대에 이르러서야 신분을 적은 조그만 종이라는 뜻으로 쓰이게 됐다.

◦ 명함 | 이름, 직업, 연락처 등을 적은 조그마한 종이.

## 무데뽀 무작정

"집에도 가기 싫어 무작정
시내의 어지러운 군중 속에서
배회하기 시작했다."

- 안정효, 《하얀 전쟁》

아무 생각 없이 앞뒤 가리지 않고 밀어붙이는 일을 두고 '무데뽀(혹은 무대포)'라고 하는데, 이는 일본어 한자 무철포(無鐵砲)에서 비롯된 말이다. 일본어 발음으로 '무데뽀' 또는 '무데포'이며, 본래는 제대로 조준하지 않고 아무 데나 마구 쏘아대는 대포를 가리키는 단어였다. 좌충우돌하는 사람이나 무모한 행동을 의미하는 말로도 쓰인다. 하지만 일본어에 어원을 둔 무데뽀란 말보다 '무작정'이란 단어를 쓰는 게 바람직하다. 無(없을 무), 酌(따를 작), 定(정할 정) 자에서 알 수 있듯, 얼마나 따를지 생각하지 않고 되는대로 술을 잔에 따른 일에서 나온 말이다.

◦ 무작정 | 어떻게 하리라고 미리 정한 것이 없이.

# 무진장

"만 오천 명의 적의 탄환은 무진장이었다.
온종일 싸운 칠백 의사들의 화살은
다 떨어져 버린다."

- 박종화, 《임진왜란》

'무진장(無盡藏)'은 본래 불교에서 덕(德)이 광대하여 다함이 없음을 나타내는 말이었고, 중국 남북조시대에는 사찰에서 신자들이 공양한 돈을 자본금으로 삼아 가난한 이에게 낮은 이자로 빌려주는 금융기관을 의미했다. '무진'을 직역하면 다함(盡)이 없음(無)이고 '장(無)'은 곳간이므로, 무진장은 '끝이 없을 정도로 매우 많은 곳간'이라는 뜻이다.

요즘은 '무진장'을 엄청나게 많음을 강조할 때 쓴다. 햇살은 언제나 무진장이고, 바다에는 해초와 물고기가 무진장 있으며, 광산에는 광물이 무진장 많다.

---

◦ 무진장 | 끝이 없을 정도로 매우. 다함이 없이 많이.

---

# 별안간

"그는 지금 아까 그와 마주 서서
널뛰던 생각을 하자
별안간 가슴이 뭉클해졌다."

- 이기영, 《서화》

'별안간(瞥眼間)'은 갑작스레 어떤 일이 벌어졌을 때 흔히 쓰는 말이다. 과자 소리에 아이의 눈이 별안간 커지고, 가만히 앉아 있던 사람이 별안간 벌떡 일어나고, 구름 한 점 없던 하늘에 별안간 소나기가 내린다. 언뜻 볼 별(瞥), 눈 안(眼), 틈 간(間)이라는 문자 그대로 '언뜻 본 사이' 즉, '눈 깜박할 사이에'라는 뜻이다. 짧은 순간 큰 변화가 일어났음을 나타낸 말이다. 유재용의 장편소설 《성역》에서도 '별안간'이 짧은 순간이라는 의미로 사용된 바 있다.

"별안간이 아닙니다. 그때는 기분이 묘해서 형님한테 차용 증서를 써 주십사고 했지만……"

◦ 별안간 | 아주 짧은 동안에 갑작스럽게.

## 보모

"여자가 열 살이 되면 나다니지 아니하며
보모의 가르침을 유순하게 들어……"

-《소학언해》

'보모(保姆)'란 아동복지시설에서 어린이를 돌보며 가르치는 사람을 이르는 말이다. 하지만 원래 보모란 조선 시대에 왕세자를 기르고 가르치던 상궁을 가리키는 호칭이었다. 더 구체적으로 말하면 왕의 자녀, 즉, 왕자, 공주, 옹주, 군의 양육을 맡아보는 궁녀를 보모상궁(保姆尙宮)이라고 했다. 나중에는 사대부 집안에서도 이 말을 썼으며, 근대 이후에는 한때 유치원 교사를 이르는 말로 사용하다가 보육원이나 탁아소 따위 아동복지시설에서 어린이를 돌보며 가르치는 여자를 지칭하게 됐다.

◦ 보모 | 아동 복지 시설에서 어린이를 돌보아 주며 가르치는 여자.

# 복덕방

"거의가 부동산 소개소라는 명칭으로 바뀐
복덕방을 몇 군데 들러 보니……."

- 황순원, 《신들의 주사위》

'복덕방(福德房)'의 유래는 옛날 부락제(部落祭) 문화로 거슬러 올라간다. '부락제'란 마을 수호신에게 무병장수, 무사고 및 평온, 풍년 등을 기원하는 제사로, 동신제(洞神祭)라고도 했다. 일반적으로 정월 보름날이면 마을을 지켜주는 동신(洞神)에게 마을 사람 모두가 제사를 지냈다. 성황당이나 큰 고목 혹은 오래된 장승이 동신제를 지내는 신성한 장소였다.

마을의 번영과 평화를 기원하는 제사를 지낸 뒤에는, 제사상에 차린 음식이나 가축의 살코기를 마을로 가져와 한곳에 차려 놓고 마을 사람끼리 나눠 먹는 문화가 있었다. 이른바 음복(飮福) 풍습이었다. '음복'은 제사에 올렸던 술이나 음식을 나누어 먹는 일을 이른다. 이를 통해 '음덕(蔭德)'을 받게 된다고 생각했다. '음덕'이란 '조상의 덕'을 뜻하며, 조상의 덕이 제사 음식으로 전해진다고 믿었다.

이렇게 음복과 음덕이 행해지는 신성한 장소를 '복덕방'이라고 불렀다. '복덕'은 착한 행실에 대한 보답으로 받는 행복이고, '복덕방'은 복스러운 공덕을 전해 받는 곳이란 뜻이다. 복덕방에서는 집이나 땅을 사거나 파는 일도 행해졌다. 점차 부동산뿐만 아니라 물건이나 각종 동산, 사람까지도 중개하는 일이 오고 갔으며, 흥정을 붙이는 거간(居間) 역할에 충실했다.

하지만 근대화 과정에서 복덕방은 집이나 토지 등 부동산만을 중개하는 곳으로 축소됐다. 1980년대에 들어서는 공인중개사 제도가 도입되면서는 '복덕방'이라는 이름은 사라지고 '공인중개사 사무소'로 이름이 바뀌었다.

◦ 복덕방 | 토지나 건물을 사고팔 사람을 소개하고 연결해 주는 일을 맡아보는 곳.

## 복불복

"거야 복불복이지 할 수 있나!
멀쩡한 조선 지주의 땅이야 종전대로
지주네 땅이지 별수 있어!"

**- 이태준, 《농토》**

어떤 '일이 앞으로 어떻게 될지는 전적으로 운수에 맡기다'라는 뜻으로 쓰는 말 중에 '복불복'이 있다. 복불복이란 무슨 의미일까?

예전에 복이 있을지 없을지를 의미하는 유복(有福)·무복(無福)을 줄여서 말한다는 것이 '유무복'이 아닌 '복불복'이란 단어를 낳았다. 즉 '복이 있거나 없음'의 '유무복(有無福)'이 아닌 '복이거나 복이 아니거나'라는 뜻의 '복불복(福不福)'을 썼고 이 말을 '복걸복'으로 잘못 발음하기도 했다. 요즘 복불복은 '사람의 운수' 혹은 똑같은 환경에서 여러 사람의 운(運)이 각각 차이가 났을 때 쓰이고 있다.

◦ 복불복 | 복을 누리는 분수의 좋고 좋지 않은 정도라는 뜻으로, 사람의 운수를 이르는 말.

# 복조리

"보름 밥을 얻으러 온 마을 애들이
그새 셋이나 문 앞에서 복조리를 들고 서 있었다."
- 오유권, 《대지의 학대》

예전에는 연말에 복조리(福笊籬)를 사서 문 위나 기둥에 걸어놓고 행운을 기원하는 문화가 있었다. '조리'란 쌀을 씻기 전에 쭉정이나 돌 따위를 제거하는 도구로 '복(福)' 자와 결합하여 '복을 주는 조리'라는 의미를 가지게 됐다. 복조리와 함께 작은 갈퀴도 함께 걸었는데, 복을 갈퀴로 쓸어서 조리에 담기 바라는 마음에서 비롯된 풍속이다.

'조리'는 새집 조(笊), 울타리 리(籬)라는 뜻 그대로 새집 모양의 울타리이며, 가는 대오리나 싸리를 조그만 삼태기 모양으로 엮고 손잡이도 기다랗게 만든다. '복조리'는 액운을 걸러내고 복만 받고픈 마음을 담은 상징물이다.

◦ 복조리 | 음력 정월 초하룻날 새벽에 사서 벽에 걸어 두는 조리.

## 비조 시조 원조

"수필의 비조(鼻祖)라고 일컬어지는 베이컨은 주옥같은 작품을 많이 남겼다."

- 국문학사

"의상은 부석사에서 화엄경을 가르치며 우리나라 화엄종의 시조(始祖)가 됐다."

- 불교사

"마라톤 경주의 원조(元祖)는 고대 그리스 군인이다."

- 체육사

세 예문을 통해 알 수 있듯 비조, 시조, 원조는 '어떤 일을 최초로 시작한 사람'을 이르는 표현이다. 그렇지만 그 쓰임에는 미묘한 차이가 있다.

鼻(코 비), 祖(조상 조)로 이뤄진 비조는 직역하면 '코의 조상'이지만, 그 의미를 제대로 알려면 어원을 살펴봐야 한다. 고대 중국인은 코를 가장 중요한 인체의 상징으로 여겼다. '코'를 한자로 '鼻'라고 쓰는데, 自(스스로 자) 아래에 畀(줄 비) 자를 받쳐 놓은 모양이다. 본래는 '自'만으로 코를 뜻했으나 그 글자가 '자기'라는 뜻이 되자, '콧물'의 뜻이 있는 '畀'를 받치어 '코'의 뜻으로 쓰게 됐다. 코는 얼굴 중심에 있고 가장 높은 곳이라는 데서 '비롯하다'의 의미도 지니게 됐다. 이런 연유로 '비조(鼻祖)'는 어떤 일을 가장 먼저 시작한 사람이란 뜻으로 쓰이게 됐다. 영국 철학자 프랜시스 베이컨은 《수상록》을 발표하여 수필의 비조로 여겨지고 있다.

비슷한 말 '시조(始祖)'는 뭔가를 처음(始) 시작한 조상이란 뜻이다. 나중 것의 바탕이 된 맨 처음의 것을 이르며, 한 겨레나 가계의 맨 처음이 되는 조상, 혹은 어떤 학문이나 기술 따위를 처음으로 연 사람을 가리킬 때 쓴다. 고구려의 시조는 동명성왕이고, 백제의 시조는 온조, 고려의 시조는 왕건이다.

'원조(元祖)'는 어떤 일의 근본(元)이 된 조상(祖)이란 뜻이다. 햄과 김치를 섞어 부대찌개를 만든 사람은 부대찌개의 원조이고, 한약재로 족발을 만든 사람은 한약 족발집의 원조이며, 같은 맥락에서 수많은 맛집이 어떤 음식의 원조라고 강조한다. 현재 국어사전에서는 세 단어에 대해 아래와 같이 정의하고 있다.

- 비조 | 어떤 일을 가장 먼저 시작한 사람.
- 시조 | 어떤 사상, 주장이나 학문, 기술 등을 맨 처음으로 개척한 사람.
- 원조 | 어떤 일을 처음으로 시작한 사람.

# 사모곡

"60대 만학도가 끝내 박사학위를 받고
어머니 영전에 바친 사모곡이 심금을 울리고 있다."

- <**강원일보**>(2023. 1. 13.)

《악장가사》와 《시용향악보》에 전하는 '사모곡(思母曲)'은 고려 시대에 널리 불린 속요이며, '엇노래'라고도 한다. 여기에는 사연이 있다.

백제에 아버지와 계모를 섬긴 효녀가 있었는데, 계모는 그 딸을 싫어했다. 그리하여 계모는 남편에게 딸이 못된 짓을 했노라 이간질했고, 오해한 아버지는 딸을 집에서 쫓아냈다. 딸은 부모를 더욱 공경하며 버티려 했지만 소용없었다. 딸은 부득이 산으로 들어갔다가 석굴에서 만난 노파에게 사정해 같이 살았다. 노파는 소녀의 효성에 감복해 자기 아들과 결혼시켰고, 두 사람은 근면 절약하여 마침내 부자가 됐다. 그 후 그녀는 부모가 가난하다는 소문을 듣고 자기 집으로 모셔 와서 극진하게 봉양했다. 그런데도 부모는 당연하게 여기며 그다지 기뻐하지 않자, 딸은 원망(願望)하는 마음으로 다음과 같은 내용의 사모곡을 지었다.

> 호미도 날이 있지마는
>
> 낫처럼 들을 까닭이 없습니다.
>
> 아버님도 어버이시지만
>
> 어머님같이 나를 사랑하실 분이 없습니다.
>
> 더 말씀하지 마오. 사람들이여,
>
> 어머님같이 사랑하실 분이 없으니.

이처럼 어머니와 아버지의 사랑을 낫과 호미의 날에 비유해 어머니의 사랑이 아버지의 사랑보다 더 크고 간절함을 노래했기에, '사모곡'이란 말은 이후 '어머니의 사랑을 기린 노래'라는 뜻으로 쓰이고 있다.

◦ 사모곡 | 돌아가신 어머니의 사랑을 몹시 그리워하는 노래.

# 산유화

"인생을 꽃에 비유한 노래 산유화(山有花)"

- 〈엠디저널〉(2018.04.20.)

'산유화(山有花)'라고 하면 대부분 '산에는 꽃 피네 꽃이 피네'로 시작하는 김소월의 시를 떠올릴 것이다. 하지만 산유화는 그 이전부터 전해온 단어이며, 충청도 지역 농부들이 들일할 때 부르던 농요였다. 산유화 농요의 유래에 대해 《증보문헌비고》의 '백제 가곡조' 편에 다음과 같이 기록되어 있다.

> "백제에 '산유화가'가 있는데 남녀가 사랑을 주고받는 가사이고, 가락이 구슬프다."

일할 때 부르는 노동요인데도 산유화 가락이 구슬픈 이유는 뭘까? 거기에는 백제 망국의 서러움이 담겨 있기 때문이다. 신라-당나라 연합국에 항복한 백제 의자왕은 무려 1만 2천 명과 함께 중국에 끌려가는 신세가 됐는데, 백제 백성들에게는 매우 충격적인 일이었다.

"이를 어째. 흑흑흑."

백제 여인들은 산에 올라가 눈물을 흘리며 전송했다. 아낙네들 모습은 마치 산에 핀 꽃처럼 보였고, 이후 부여 지방에는 산유화라는 노래가 생겨 입에서 입으로 전해졌다. 사람들은 논에서 들에서 일할 때 산유화가(山有花歌)를 부르며 서글픈 신세가 된 조상을 추모했으니, 노동요임에도 가락이 구슬픈 까닭이 바로 여기에 있다.

산유화가 가사는 지역에 따라 조금씩 다르지만 언제나 '산유화야, 산유화야'로 시작한다. 김소월의 시, '산유화'는 특정한 꽃 이름이 아니라 '산에 있는 꽃'이라는 의미이고, 삶과 자연 모두에 스며 있는 근원적 고독을 노래한 작품이다.

---

◦ 산유화 | 충청도에서 농부들이 들일을 하면서 부르는 민요.

---

## 산통 깨다
## 산통 깨지다

"이런 식으로 정신이 흐트러지기로 하면
큰일이 이런 작은 일에서 산통이 깨집니다."

- **송기숙, 《암태도》**

"저년이 돌아가지 않고
산통을 깨면 어떻게 할까."

- **한승원, 《해일》**

'산통 깨지다'란 말은 산통점(算筒占)과 산통계(算筒契)에서 유래됐다. '산통점'은 산통에 산가지(算木)를 여덟 개 넣어두고 뽑아서 효(爻)를 얻고 괘(卦)를 만들어 역서(易書)에 적힌 괘문(卦文)으로 길흉화복을 판단하는 점법이다. 개화기에 중국인이 유행시킨 '산통계'는 산통 속에 계알을 넣고 흔들어서 추첨하여 뽑힌 사람에게 많은 할증금을 주는 일종의 돈놀이였다.

산통점이든 산통계든 산통이 깨지면 점칠 수 없게 되므로 속수무책으로 다 틀렸다는 뜻으로 '산통 깨지다'라는 관용어가 생겼다. 갑자기 일이 틀어지면 '산통 깨지다', 누군가가 고의로 깨뜨리면 '산통 깨다'라고 말한다.

---

◦ 산통 깨지다 | (일이나 계획 따위가) 다 되어 가다가 뒤틀리다.

◦ 산통 깨다 | 다 되어 가던 어떤 일을 이루지 못하게 망치다.

---

# 삼수갑산

"홍범도는 차도선이가 휩쓸고 지나간
삼수갑산에서 사오백 명의 일당을 모아……"
- **한설야, 《탑》**

"삼수갑산을 가는 한이 있더라도 지금은
모르쇠로 가만히 있는 것이 백번 나을 것 같았다."
- **송기숙, 《녹두장군》**

매우 힘들고 위험한 모험의 길을 택할 때 흔히 '삼수갑산을 가는 한이 있더라도' 혹은 '삼수갑산 가더라도'라고 말한다. 무슨 일이 있어도 그 일을 꼭 해야겠다는 의지를 나타낸 말이다. '산수갑산'은 틀린 말이다. 삼수갑산(三水甲山)은 삼수와 갑산을 통틀어 지칭하는 말인데, 이곳은 어떤 곳일까?

'삼수갑산'은 만주와 접경해 있는 함경도 북서쪽 끝에 위치한 삼수(三水)군과 갑산(甲山)군을 합친 말인데, 이곳은 높이 1천 미터 이상의 험한 산봉우리들이 잇달아 있는 고원지대다. 조선 초기에 우리 민족이 정착했으나 야인이 북쪽으로부터 들어오는 침공 통로여서 병화가 많았고, 무척 추워서 살기 힘든 곳으로 유명했다.

이처럼 산세가 험하고 추위가 매서운 지역이기에, 역대 왕조의 유배지이기도 했다. 교통이 불편함은 물론 풍토병이 있었고, 특히 바다와 멀리 떨어져 있는 만큼 소금 등 식생활 필수품을 구하기 어려워 그야말로 '이승의 막다른 곳'으로 인식됐다.

이런 이유로 '삼수갑산 가더라도'라는 말은 '죽을 것을 각오하고'라는 뜻으로 쓰이게 됐다. 본래는 '삼수갑산을 가는 한이 있더라도', 즉 삼수갑산에 귀양 가는 한이 있더라도 기어코 하고 싶은 일을 하겠노라는 의지의 표현이었다. 이는 중대한 범죄를 저질러 잡혀서 큰 벌을 받을지도 모르겠지만 의지대로 하겠다는 뜻이었는데, 세월이 흐르면서 의미가 달라졌고, 말도 줄어서 '삼수갑산 가더라도'가 됐다.

◦ 삼수갑산 가더라도 | 결과가 어떻게 되더라도 당장 단행해야겠음을 강조하여 이르는 말.

# 상인

"이 고장에선 자식이 열 살만 넘으면
큰 상점에 들여보내 장사를 배우게 하고
장사로 치부한 상인을 기리고 본받게 하였다."

- 박완서, 《미망》

'상인(商人)'이라는 말은 은나라 사람의 강한 생활력에서 유래됐다. 무왕이 은을 멸망시키고 주(周)를 세우자, 나라를 잃고 전답을 몰수당한 은나라 백성은 정든 고향을 떠나 사방으로 흩어졌다. 그들은 아무런 기반이 없었으므로 장사로 연명해야만 했다. 그런데 그들은 장사하는 솜씨가 매우 뛰어났다. 은(殷)은 상(商)이라고도 불렸기에 장사하는 사람들은 상인(商人: 상나라 사람)이라 불리게 됐다. 오늘날 화교(華僑)가 세계 각 지역에서 큰 상권을 형성하고 있는 일도 이와 같은 상업에 대한 중국인의 전통적 관심을 바탕으로 하고 있다.

◦ 상인 | 장사를 업으로 하는 사람.

# 상품 하품

"모시 몇 자 주시지요. 상품으로."

- 이기영, 《고향》

"그릇은 하품일망정 다른 사람의 쓰임을 위해
그릇을 빚을 때 사기장이의 눈은
그 자신의 것만이 아니다."

- 서기원, 《조선백자 마리아상》

'상품(上品)'은 품질이나 품성이 좋은 것, '하품(下品)'은 품질이나 품성이 나쁜 것을 이르는 말이다. 예부터 인도인은 성질 및 능력의 우열을 구분하기 좋아했는데, 불교도 역시 그런 구분을 도입했다. 특히 아미타불의 구제를 믿는 정토교(淨土教)에서는 정토왕생을 능력 및 성질에 따라 아홉 가지로 나누고 구품(九品)이라 했다. 구품은 상품상생, 상품중생, 상품하생, 중품상생, 중품중생, 중품하생, 하품상생, 하품중생, 하품하생이다.

《관무량수경》에 따르면 상품상생인 자는 세 가지 마음, 즉 성실한 마음, 깊이 믿는 마음, 모든 선행의 공덕을 불국토 왕생에 돌리어 극락세계에 태어나기를 바라는 마음을 지녔기에 반드시 불국토에 태어난다. 아홉 등급 중 중간인 중품중생은 날마다 여러 계율을 지키고 계율에 맞게 생활하여 그 공덕으로 극락세계에 태어나기를 원하는 사람이다. 마지막 단계인 하품하생은 다섯 가지 악행과 기타 나쁜 짓을 행한 사람으로 그 결과 지옥에 떨어진다.

이런 9등급은 바둑이나 농업 등 다른 분야에도 전해졌으며, 상품과 하품이란 말은 품질을 따질 때 널리 쓰였다. 예컨대 우리나라에서 나무로 만든 소반은 은행나무로 만든 행자반을 상품으로 쳤다. 또한 조선 시대에는 경기도 광주에 왕실용 도자기 제조 시설을 갖춘 후 상품만 납품하도록 했고, 구한말 왕실 가마가 쇠퇴한 후에는 하품을 만드는 몇 군데 가마가 강 한쪽에 남아 대중용 그릇을 제작했다.

◦ 상품 | 질이 좋은 물품.

◦ 하품 | 같은 종류의 물건 중에서 가장 품질이 낮은 물건.

# 생산

"젊을 때 승은이라도 입어 왕자나 옹주를 생산하면 숙의나 귀인 따위의 봉작도 받고……."

- 한무숙, 《만남》

궁녀가 임금의 총애를 받아 밤에 모시는 일을 뜻하는 말은 '성은(聖恩)'이 아니라 '승은(承恩)'이다. '성은'은 임금의 크고 거룩한 은혜라는 의미로 신하가 하는 말이고, '승은'은 '후대를 잇게 한 은혜'라는 뜻으로 여인이 하는 말이다. 또한 '승은을 입어 왕자를 생산하다'라는 말에서 알 수 있듯, 아기를 낳음을 이르는 우리말은 본래 '생산(生産)'이다.

왕비가 왕자를 낳으면 아기씨 생산을 감축드렸고, 민간에서는 산파가 산모의 생산을 도왔다. 그런데 일제강점기 때 생산이 일본식 한자어 '출산(出産)'에 밀려났다. 오늘날 '생산'이란 표현은 사람이 아닌 물품이나 곡식에만 쓰고 있다.

◦ 생산 | 아이를 낳는 일을 이르던 말. 원재료를 이용해 생활에 필요한 물품을 만들어 냄.

# 석고대죄

"내 말대로 지금 곧 시각을 지체 말고 들어가서 석고대죄를 드려라."

- 박종화, 《전야》

"불문곡직하고 석고대죄부터 드려야 합니다."

역사적인 사실이나 사극에서 종종 접하는 '석고대죄(席藁待罪)'는 임금 앞에서 거적을 깔고 엎드려 지은 죄에 대한 처벌을 기다리는 일에서 유래된 말이다. 조선 시대에 강직한 신하들은 조정의 잘못을 시정해 달라거나 자기 잘못을 벌해 달라고 청할 때, 또는 자신의 충정을 받아들여 달라고 간청할 때 짚으로 만든 자리를 펴고 머리를 풀어 헤친 채 엎드려 국왕의 처분을 기다렸다. 이후 '석고대죄'는 죄인의 심정으로 처벌을 기다리는 상황을 표현할 때 쓰게 됐다.

◦ 석고대죄 | 거적을 깔고 엎드려 윗사람의 처벌을 기다리는 일을 이르던 말.

# 세한삼우

"매화이기에 사군자에도 이름을 올렸고
세한삼우에 들었다."

- <미디어펜>(2023. 2. 5.)

우리 조상은 자연과 어울리기 좋아했으며 몇몇 식물에는 상징을 부여하고 인격화하기도 했다. '세한삼우(歲寒三友)'는 소나무, 대나무, 매화를 이르는 말로, '추위에 잘 견디는 세 가지 벗'이란 의미를 지닌다. 선비들은 정원에 주로 세 종류의 나무를 모두 심었고, 화가들은 그림 소재로 삼곤 했으며, 시인들은 글로 세한삼우의 절개를 표현했다. 소나무는 사계절 푸름을 유지하고, 대나무는 곧게 뻗은 모습이 강직해 보이고, 매화는 추위가 덜 가신 초봄에 가장 먼저 꽃을 피우고 향기를 퍼트린다. 이러한 세 나무의 특징이 유교적 윤리관과 군자의 인품에 비유되어 선비의 소중한 벗으로 여겨졌다.

◦ 세한삼우 | 겨울철의 세 벗이라는 뜻으로, 추위에 잘 견디는 소나무, 대나무, 매화나무를 통틀어 이르는 말.

# 수지맞다

"식민지의 이권을 한 손에 쥐고 있는 조건에서는
웬만한 경영 수완이더라도 수지는
맞출 수 있을 것이다."
- **최인훈, 《회색인》**

회계 장부를 기입할 때는 검은 글씨로 적고, 수입과 대조하여 모자라는 금액은 붉은 글씨로 적었다. 이를 통해 수지(收支), 즉 수입과 지출을 계산하여 얻는 이익을 빨리 파악할 수 있었다.

수입보다 지출이 많아 수지가 맞지 않을 때는 적자(赤字), 그 반대의 경우를 흑자(黑字)라고 말했다. 요컨대 적자는 회계 장부에 부족액을 붉은 글자로 표기한 데서 유래된 말이며, 흑자는 적자의 상대어로 쓰인 말이다. 또한 장사나 사업 따위에서 이익이 남을 때 '수지맞다'라고 말했는데, 나중에는 뜻하지 않게 좋은 일이 생겼을 때도 '수지맞다'고 말했다.

◦ 수지맞다 | 장사나 사업 따위에서 이익이 남다. 뜻하지 않게 좋은 일이 생기다.

# 순애보

"조선시대 허균과 부안 기생 매창은
순애보 사랑을 했다."

- 인물 일화

'순애보(純愛譜)'라는 말은 박계주의 장편소설 《순애보》(1939)에서 비롯됐다. 내용은 다음과 같다.

원산에 온 최문선은 물에 빠진 인순을 구해주고, 이를 계기로 인순은 문선을 흠모하게 된다. 그즈음 문선은 소꿉동무였던 윤명희와 20여 년 만에 만나게 되면서, 둘 사이에 자연스럽게 애정이 생긴다. 시간이 흘러, 인순의 간청에 못 이겨 문선이 그녀의 집에 찾아간 날, 괴한이 들어와 문선의 눈을 멀게 하고 인순을 죽인다. 문선은 치정 살인 누명을 쓴다. 그러나 사형 선고를 받은 문선 앞에 범인이 나타나 자백하고, 진범의 자수 덕분에 뒤늦게 풀려나온 문선은 명희의 행복을 빌면서 함흥의 어느 시골로 떠난다. 그러던 어느 날, 어찌 된 일인지 약혼했다던 명희가 문선 앞에 나타나고, 명희는 울면서 사랑을 고백한다.

"사랑은 물질이 아니요, 행복의 본질입니다. 나는 당신의 손이 되고 발이 되고 눈이 되겠으며, 당신의 문학을 돕겠습니다."

이 소설은 출간 당시 큰 반향을 일으켰는데, 그 뒤 죽음을 불사할 정도의 지고지순한 사랑을 '순애보'에 빗대어 표현하기 시작했다. 연인을 잃고 상대를 못 잊어 그리워하는 사람을 두고도 순애보라고 한다.

드라마 한류(韓流)를 이끈 〈겨울연가〉는 순수하고 운명적인 순애보를 아름다운 영상에 담아낸 '한국형 로맨스'라고 평가된다.

◦ 순애보 | 오직 한 사람만을 그리워하는 지순한 사랑 이야기.

## 슬하 휘하

"유신도 아버지가 돌아가신 후
편모슬하에서 쓸쓸히 지내다가
춘추 장군을 보니 아버지나 대한 듯 기뻤다."

- **홍효민, 《신라 통일》**

"장군의 휘하가 되어
나라의 은혜를 갚아 볼까 하여 온 길이옵니다."

- **박종화, 《임진왜란》**

예문의 '편모슬하(偏母膝下)'란 '홀로 남은 어머니를 모시고 있는 처지'를 이르는 말이다. 본래 '슬하(膝下)'는 무릎 아래라는 뜻으로, 어버이의 곁을 이르는 말이다. 주로 부모의 보호 영역을 의미하며 홀어머니나 홀아버지만 모시고 지내는 상황을 '편모슬하', '편부슬하'라고 말한다.

예전에는 결혼하여 부모 곁을 떠나는 딸이 슬하를 떠나는 사실이 슬프다는 내용의 편지를 쓰기도 했고, 혼인한 지 오래도록 슬하에 자식이 없으면 수양 자식을 들일지 고민하기도 했다. 오늘날에는 누군가에게 자식 수를 궁금해할 때 "슬하에 자녀가 몇입니까?"라고 묻기도 한다.

'슬하'가 부모에게 의지하는 자식을 의미한다면, '휘하(麾下)'는 본래 장수의 통솔 아래에 있음을 이르는 말이다. 예전에 장군을 존대할 때 '휘하'라 했는데, 휘(麾)는 바로 장군을 상징하는 대장기(大將旗)를 가리킨다. 즉, 휘하란 대장 깃발 아래에 있다는 뜻이다. 오늘날에는 장군의 통솔 아래에 있는 모든 병졸을 의미하는 말로 쓴다.

휘하는 정부의 정규군대 소속 장군에게만 쓸 수 있는 말이 아니고, 통솔하는 위치에 있는 모든 장군에게 쓸 수 있다. 임진왜란 때 각지의 뜻있는 백성은 의병장 휘하에 기꺼이 의병으로 참여했고, 1920년에 독립군이 만주 청산리에서 일본군을 크게 쳐부순 청산리 전투의 승리는 총사령관 김좌진 장군의 지략과 휘하 모든 독립군의 용맹함 덕분에 가능했다.

◦ 슬하 | 무릎 아래라는 뜻으로, 어버이의 곁을 이르는 말.

◦ 휘하 | 장군의 지휘 아래에 딸린 군사.

# 안녕

"이게 다 귀국의 안녕과 번영을 염원하는
이 사람의 충정이 아니겠습니까?"

- 유주현, 《대한제국》

"그럼 안녕. 밖에서 만날 땐
꼭꼭 시간 지키는 거 잊지 마세요."

- 황순원, 《움직이는 성》

첫 번째 예문의 안녕(安寧)은 '安'(편안할 안), '寧'(편안할 녕)에서 알 수 있듯 '아무 탈 없이 편안함'이란 뜻이고, 두 번째 예문의 '안녕'은 만나고 헤어질 때 나누는 인사말이다.

그런데 '안녕'이라는 인사는 슬픈 사연을 안고 있다. 옛날에 '보릿고개'라 하여 봄에 양식이 부족하여 수많은 가난한 백성이 굶어 죽었는데, 이 때문에 아침에 만나면 '별일 없습니까?', '무사하십니까?'의 뜻으로 '안녕하시냐'고 묻게 된 것이다. 그런가 하면 외적의 잦은 침입과 정치적 변화로 인해 목숨이 위험한 날이 많았던 까닭에 백성들은 아침에 만나면 '안녕하시냐'라는 말을 인사로 나눴다. '안녕하세요'라는 인사말은 이에 연유하여 생겼다.

◦ 안녕 | 아무 탈이나 걱정이 없이 편안함.

# 압권

"당신의 발언이 압권이었어.
자리에서 일어섰을 때의 표정이 저쪽을 제압했어."
- 이원규, 《훈장과 굴레》

조선 태조 이성계는 비록 고려를 멸망시켰지만, 고려의 좋은 제도는 그대로 받아들였다. 과거제를 채택하여 운영한 일은 대표적인 사례다. 과거제는 시대에 따라 부분적으로 다듬어지면서 조선 후기까지 지속될 정도로 인재 선발에 큰 역할을 했다.

조선은 과거제도 운영에 있어서 공정하게 채점하기 위해 노력했고, 시험에서 가장 우수한 성적을 따낸 자의 답권(答券: 답안지)은 다른 답권들 맨 위에 얹어 놓았다. 다른 답권을 누를 만큼 우수하다는 뜻이었다. 여기에서 '가장 뛰어난 것'을 의미하는 '압권(壓卷)'이란 말이 유래됐다.

◦ 압권 | 여럿 가운데 가장 뛰어난 것.

# 어두육미

"어두육미라는데,
붕어빵도 꼬리보다 머리가 맛있을까?"

\- <중소기업뉴스>(2022. 11. 22.)

'물고기는 머리가 맛있고 고기는 꼬리가 좋다'란 뜻의 '어두육미(魚頭肉尾)'는 '생선은 대가리가 가장 맛있다'라는 의미의 '어두일미(魚頭一味)'에서 나온 말이다. 그 생선이 어떤 물고기인가에 대해서는 여러 설이 있으나 도미가 가장 유력하다. 조선 시대 여러 문헌에 도미 대가리가 맛나다는 표현이 적혀 있는 까닭이다. 예를 들면, 조선 헌종 때 실학자 이규경이 지은 《오주연문장전산고》에 '도미는 기름진 맛이 특징이지만 특히 머리가 맛있다'라는 내용이 적혀 있다.

예부터 도미는 귀한 생선으로 여겨져서 제사상이나 잔칫상에 빠지지 않고 올라갔다. 이런 도미의 상징성은 '어두'의 대표로 확대 해석되어 어두일미라는 말을 낳았다. 또한 국물을 우릴 때 생선 대가리를 즐겨 썼는데 생선 대가리가 국물 맛을 한층 좋게 해주는 까닭이다.

그런가 하면 소꼬리는 보양 음식으로 사랑받았기에 '어두육미'라는 말도 생겨났다. 소의 꼬리를 토막 내어 물에 넣고 곤 음식인 꼬리곰탕은 기운이 떨어졌을 때 먹는 몸보신 음식으로 인기가 많았다. 이렇게 '어두육미'란 도미 대가리와 소꼬리를 최고 별미로 여긴 정서에서 나온 말이다.

◦ 어두육미 | 물고기는 머리 쪽이 맛이 있고 짐승 고기는 꼬리 쪽이 맛이 있다는 말.

# 어사화

"돈푼이나 있는 집에선
자제를 경성이나 일본의 전문 대학에 보내
방학 때마다 사각모 쓰고 귀향하는 걸
마치 왕조 시대 어사화라도 되는 것처럼
자랑스럽게 여겼으나……."

- 박완서, 《미망》

조선에서 과거에 급제하는 일은 대단한 영광이었다. 관리로 임명되면 생활이 보장되고, 고위 관리가 되면 명예와 권력까지 지니게 되는 까닭이다. 조선은 그런 상징성을 시각적으로 드러내고자 어사화를 만들어 과거 급제자에게 주었다.

'어사화(御史花)'는 '임금이 하사하는 꽃'이란 뜻이며, 문무과(文武科)에 급제한 사람은 모자 뒤에 어사화를 꽂은 채 거리를 돌아다니며 남에게 자랑했다. 어사화는 길이 약 90센티미터의 참대에 푸른 종이를 감고 다홍색, 파란색, 노란색 등의 종이꽃을 단 형태였다. '어사화'는 '출세의 길에 들어섰음'을 상징하는 징표였다.

◦ 어사화 | 조선 시대, 과거에 급제한 사람에게 임금이 내리던, 종이로 만든 꽃.

# 여류

"그는 적막한 조선 악단에,
더구나 여류 악단에 명성으로
번쩍이리라 하였었다."

- 현진건, 《적도》

이른바 '여류(女流)'는 원래 기생(妓生)을 뜻하던 낱말이었다. 송나라의 오자목(吳自牧)이 쓴 《몽량록》의 기악(妓樂)란에 '지금 항주의 여류 웅보보와 후배 계집아이들이 사설과 노래 솜씨가 빼어났다'라는 기록이 있다. 기생 가운데 춤과 노래 솜씨가 뛰어났던 웅보보는 당시 대단한 인기를 누렸다고 한다.

여류라는 단어는 어떤 전문적인 일에 능숙하거나 일가를 이룬 여자를 가리키는 수식어로 중국과 일본에서 종종 사용됐고, 우리나라에서도 쓰였다. 하지만 '남류'라는 표현이 없음을 고려하면, '여류'라는 수식도 굳이 필요하지 않으므로 요즘은 거의 사용하지 않는다.

◦ 여류 | 어떤 전문적인 일에 종사하는 여자를 이르는 말.

## 똑같다
## 영락없다

"다시 봐도 부월이가 영락없음을 확인하고
그는 저도 모르게 신음을 토했다."

- 윤흥길, 《완장》

"봉황새 두 마리가 양쪽으로 똑같은
모양을 하고 서서 입을 서로 마주 대고 있다."

- 방영웅, 《분례기》

첫 번째 예문의 '영락없음'은 무슨 뜻일까? '영락'은 본래 한자어 零落(떨어질 영, 떨어질 락)에서 온 말로, 초목의 잎이 시들어 떨어짐을 의미한다. 또한 수학의 나눗셈에서 수(數)가 딱 맞아 떨어져 나머지가 '0'이 됨을 뜻하기도 한다.

'영락없다'의 '영락'은 후자에 해당하며, 두 숫자 모두 똑떨어짐을 가리킨다. 북한에서는 '락자없다'라고 말하는데 같은 맥락에서 나온 말이다. 이에 연유하여 '영락없다'는 '틀림없다', '다른 것 없다'라는 뜻까지 포함하게 됐으며, 모습이나 행태가 분명하고 이치에 딱 들어맞음을 강조할 때 쓴다. '몰골이 영락없는 거지꼴'이라고 말하면 거지나 다름없다는 뜻이고, '목소리는 영락없는 그놈 목소리'라고 하면 그놈이 틀림없다는 뜻이다.

이에 비해 '똑같다'라는 말은 '조금도 틀림없이'라는 뜻의 부사 '똑'에 '같다'를 더한 말이다. '같다'는 서로 비교해서 다른 게 아니거나 동일할 때 쓰는 말로서 '비슷하다'와 '똑같다'의 의미 중간지점에 있는 셈이다. 결국 '똑같다'는 같다는 사실을 거듭 강조한 말이며, 모양, 분량, 성질, 태도, 행동 따위가 조금도 다른 데가 없음을 뜻한다. 이렇게 같으면 둘 사이에는 새롭거나 별난 게 없으므로 '똑같다'는 '새롭거나 특별한 것이 없다'라는 의미도 지니게 됐다. '영락없다'는 '틀림없이 일치함'을 강조한 말이고, '똑같다'는 '다른 데가 없음'을 인정한 말이다.

---

◦ 영락없다 | 조금도 틀리지 아니하고 꼭 들어맞다.

---

◦ 똑같다 | 모양, 성질, 분량 따위가 조금도 다른 데가 없다.

---

## 불륜 외도

"여자가 밤중에 외도를 했다고
남자가 목을 조르는 거야."

**- 유주현, 《하오의 연가》**

"양친은 명희와 불륜 관계가 있기에
명희 편에 서는 것 아니냐 극언까지 하며……."

**- 박경리, 《토지》**

불가에서는 불교를 내도(內道), 다른 종교를 '외도(外道)'라고 불렀다. 불교 용어 '외도'는 원래 나쁜 의미가 아니었으나, 불교도는 불교 이외의 가르침을 올바른 것으로 인식하지 않았으므로 '외도'라 하면 이단(異端), 사교(邪教) 무리를 가리키게 됐다. 《삼국유사》에도 신라 혜통 스님에 대한 글에 '마귀와 외도를 모두 서울에서 멀리했다'라는 내용이 보인다.

이 말이 일반 사회에서는 건전한 생활에서 벗어나 방탕한 생활을 보내는 사람이나 그렇게 지내는 일이란 뜻으로 사용됐다. 신앙이 없는 일반인에게는 가정 윤리나 직업윤리가 판단 잣대로 작용한 까닭이다. 이에 연유하여 '외도'는 '바르지 아니한 길이나 노릇', '본업을 떠나 다른 일에 손을 댐'이란 의미로 통한다.

반면에 '불륜(不倫)'은 문자 그대로 '윤리에서 벗어남'을 뜻한다. 사리나 도리에서 벗어남을 '패륜(悖倫)'이라 이르는데, '패륜'은 인간으로서 마땅히 하여야 할 도리에 어그러짐을 의미한다. 예컨대 부모에게 대들거나 늙은 부모를 홀대하는 걸 패륜이라고 한다. 이에 비해 '불륜'은 주로 치정으로 얽힌 관계를 표현할 때 쓴다. '치정'은 남녀 간의 사랑으로 생기는 온갖 어지러운 정을 일컫는 말이니, '불륜'은 '정욕으로 얽힌, 도리에서 벗어난 남녀 관계'를 뜻하는 셈이다.

윤리에서 벗어난 남녀 관계를 가리킬 때 '외도'나 '불륜'을 모두 쓸 수 있으나, '외도'는 행태에 초점을 둔 말이라면 '불륜'은 성욕에 비중을 둔 말이라고 할 수 있다.

◦ 외도 | 바르지 아니한 길이나 노릇. 본업을 떠나 다른 일에 손을 댐.

◦ 불륜 | 사람으로서 지켜야 할 도리에서 벗어나 있음.

# 용수철

"종대는 탄창을 뽑았다.
용수철을 눌러 탄알을
한 알 한 알 헤아려 보았다."

- 최인호, 《지구인》

옛사람들은 상상의 동물인 용(龍)의 외모를 묘사할 때 특정 부위에 고유한 명칭을 붙였다. 용의 머리에 난 뿔은 '두각(頭角)', 용의 몸을 보호하는 비늘은 '인갑(鱗甲)', 용의 기다란 콧수염은 '용수철(龍鬚鐵)'이 그것이다.

'용의 수염'은 탄력이 무척 좋아서 길게 늘어났다가 이내 수축하여 돌돌 말리는 특성이 있는데, 훗날 늘어나거나 줄어드는 탄력이 있는 나선형 쇠줄을 용의 수염에 빗대어 '용수철'이라고 말하게 됐다.

개구리는 용수철같이 펄쩍 뛰고, 오래된 침대 매트리스의 용수철은 몸을 뒤척일 때마다 삐걱삐걱 소리를 낸다.

◦ 용수철 | 늘고 주는 탄력이 있는 나선형으로 된 쇠줄.

# 원화소복

"나의 관심은 늘 국태민안이었다.
집집마다 원화소복을 바라지만 나라 바로
세우는 게 첩경이란 생각이었다."
- <프레시안>(2023. 3. 30.)

인간의 삶은 악전고투의 연속이다. 그 옛날, 자연의 대재앙이나 맹수의 습격은 인간을 수시로 공포에 몰아넣었고, 특히 겨울이 되면 추위와 식량 부족으로 애를 먹었다. 그리하여 사람들은 태양을 강력한 신으로 섬겼으니, 동지(冬至) 풍속 또한 그러한 신앙에서 생겼다.

'동지'는 일 년 중에서 밤이 가장 길고 낮이 가장 짧은 날이며, 날씨가 춥고 밤이 길어 호랑이가 교미한다고 해 '호랑이 장가가는 날'이라고도 불렀다. 동지 이후부터는 낮이 점점 길어지므로 '태양의 부활'을 상징하는 날이라고 생각하기도 했다. 동지가 되면 팥죽을 쑤어 먹었는데, 여기에는 다음과 같은 전설이 전해진다.

옛날 공공씨(共工氏)의 바보 아들이 동짓날에 죽어서 천연두를 퍼뜨리는 귀신이 됐는데, 그가 평소에 붉은색을 무서워하기에 동짓날 붉은 팥죽을 쑤어서 그를 물리쳤다. 붉은 팥은 '태양의 기운'을 상징하며, 잡귀를 물리치는 역할을 한다.

이처럼 잡귀와 재앙을 쫓고 행운을 구하고자 하는 바람을 원화소복(遠禍召福)이라고 하며, 문자 그대로 '재앙을 멀리 보내고 복을 부르다'라는 뜻이다. 예전에는 동지 팥죽이 대표적인 원화소복의 행사였지만, 나중에는 성황당에서 소원을 비는 기도나 입춘에 대문에 붙이는 입춘첩(立春帖) 따위도 넓은 의미에서 원화소복으로 여겼다.

◦ 원화소복 | 화를 물리치고 복을 불러들임.

# 육갑하다

"단골은 손가락을 꼬부렸다 폈다 하며 육갑을 짚어 보더니 서로 살이 끼어서 그렇다 하였다."

- 이기영, 《서화》

육십갑자(六十甲子)의 줄임말인 '육갑'은, '갑을(甲乙)'로 시작하는 열 개 천간(天干)과 '자축(子丑)'으로 시작하는 열두 개 지지(地支)가 결합한 60가지 갑자를 차례로 배열한 것을 이르는 말이다. 갑자, 을축, 병인, 정묘, (중략) 임술, 계해로 끝난다.

옛날에는 어떤 해를 말할 때, 육십갑자로 나타냈다. 예를 들어 왜군이 침략해 온 1592년은 임진년, 후금이 쳐들어온 1627년은 정묘년이다. 주로 손가락으로 육십갑자를 헤아렸는데, 머리 회전이 느린 사람은 헤아림이 서툴렀기에 '육갑하다'라는 비속어가 생겼다. 제 주제에 맞지 않게 행동할 때 비웃는 뜻으로 썼지만, 권장할 만한 표현은 아니다.

◦ 육갑하다 | (얕잡아 이르는 말로) 경망스러운 말이나 행동을 하다.

## 음흉

"하야시는 살무사가 혓바닥을 널름거리듯
음흉하고 느물스럽게 웃고 있었다."

- 문순태, 《타오르는 강》

'음흉(陰凶)'이란 '겉은 부드러워 보이나 속은 엉큼하고 흉악함'을 이르는 말이다. 陰(어두울 음), 凶(흉할 흉)이란 문자 그대로 어둠(陰) 속에서 나쁜(凶) 마음을 가진 상태를 가리키며, 겉으로는 아무 흉계가 없는 듯이 보이지만 실제로는 자기 잇속을 차리고자 누군가를 해치거나 이용하려는 마음을 가졌음을 나타낸다.

상대에게 해치려는 마음이 전혀 없는 것처럼 대하나 속으로는 기회를 봐서 나쁜 짓을 하려는 노림수, 혹은 상대방 마음만 파악하려 할 뿐 자기 속마음을 일절 드러내지 않는 심리 상태가 곧 음흉이다. 마치 보이지 않는 주머니 속에 자기 마음을 꼭꼭 숨겨 놓은 것과 같다고 하여 몹시 음흉한 사람을 '음흉주머니'라고도 말한다.

◦ 음흉 | 겉은 부드러워 보이나 속은 엉큼하고 흉악함.

# 이심전심

"길상이는 어쩐지 상현이 도령이 싫었다.
이심전심으로 그쪽에서도 길상이 싫은 모양이었다."
– 박경리, 《토지》

어느 날 석가가 영산에 제자를 모아놓고 설교하면서, 연꽃을 손에 들고는 꽃을 살짝 비틀어 보였다. 제자들 대부분은 그 뜻을 몰라 가만히 바라보고만 있었는데, 오직 가섭만 그 뜻을 깨닫고 빙그레 미소 지었다. 이에 석가는 이렇게 말했다.

> "나는 글로 기록하지 않고 따로 가르치는 것이 있는데 이를 가섭존자에게 전하노라."

이 일화에서 '손가락으로 꽃을 집어 미소 지음'이란 뜻의 '염화미소(拈華微笑)'라는 성어(成語)가 나왔다. '염화미소'란 말없이 마음에서 마음으로 전하는 일을 의미하며, '이심전심(以心傳心)' 혹은 '심심상인(心心相印)'이라고도 한다.

◦ 이심전심 | 서로 마음에서 마음으로 뜻이 통함. 말없이 마음과 마음으로 뜻을 전함.

# 일각이 여삼추

"나머지 교인들은 풀 위에
찰싹 엎드려 숨죽이고 기다리는데,
날은 점점 밝아 오고
참으로 일각이 여삼추였다."

- 현기영, 《변방에 우짖는 새》

고대 중국에서는 하루를 일백각(一百刻)으로 나누었는데, 절기나 밤낮에 따라 조금씩 다르다. 낮이 가장 긴 하지에는 낮이 65각, 밤이 35각이고, 밤이 가장 긴 동지에는 낮이 45각, 밤이 55각이었다. 그 중간쯤인 춘분과 추분에는 낮이 55각 반, 밤은 44각 반이었다. 이때의 일각(一刻)은 한 시간을 사분의 일로 나눈 15분 정도에 해당하는 시간이다.

옛사람들은 '일각'이라는 말을 '매우 짧은 시간'이란 뜻으로 썼다. 시간에 쫓기다시피 사는 현대인에게 15분은 긴 시간이지만, 상대적으로 느긋하게 살았던 옛날 사람들은 일각을 짧은 시간으로 여겼다. '일각여삼추(一刻如三秋)'라는 말이 그 대표적인 예인데, 이 말은 《시경》에서 비롯됐다. 남녀의 사랑을 그린 '채갈(采葛)'이라는 시에 다음과 같은 내용이 담겨 있다.

그대 칡 캐러 가서 하루만 보지 못해도

석 달이나 된 듯하고

그대 쑥 캐러 가서 하루만 보지 못해도

아홉 달이나 된 듯하고

그대 약쑥 캐러 가서 하루만 보지 못해도

세 해나 된 듯하네.

여기서 나온 '일일삼추' 앞에 '일각'이란 말을 더해 '일각여삼추' 혹은 '일각삼추'라고 일컫는다. '일각여삼추'는 짧은 시간이 삼 년처럼 길게 느껴진다는 뜻으로, 기다리는 마음이 간절함을 비유할 때 쓴다.

◦ 일각이 여삼추 | 기다리는 마음이 간절하여 아주 짧은 시간도 삼 년같이 길게 느껴진다는 말.

## 입산 등산

"한참 거슬러 오르자
'입산 금지'라고 십 리 가다 한 자씩 나눠 박은
네 개의 푯말이 보였다."

- 윤흥길, 《직선과 곡선》

요즘에는 '등산(登山)'이란 말을 많이 쓰지만, 산을 오른다는 의미의 더욱 정확한 우리말은 '입산(入山)'이다. 마운틴 클라이밍(mountain climbing)의 번역어 등산은 산을 정복 대상으로 본 서양인의 관념에서 나온 말이고, 들 입(入) 자를 쓴 입산은 자연에 어울리고 순응하려는 우리 조상의 자세에서 나온 말이다. 요컨대 입산은 산으로 들어가 자연의 품에 안기는 것을 나타낸다. 예전에는 도를 닦기 위해 입산하는 사람이 더러 있었고, 승려들 사이에서 입산 동기를 묻는 일은 금기였다. 산에 들어가지 말라고 할 때는 '입산 금지'라고 한다.

- 입산 | 산으로 들어감.
- 등산 | 운동이나 놀이, 탐험 따위 목적으로 산에 오름.

# 작심삼일

"통계브레인조사연구소(SBRI)에 따르면
새해 결심이 성공할 확률은 약 8%,
거꾸로 말하면 실패할 확률이 92%라고 한다.
대부분이 작심삼일로 끝난다는 얘기다."

- <**아파트관리신문**>(2023. 2. 20.)

'고려공사삼일(高麗公事三日)'이란 말이 있다. '고려의 공식적인 일은 단지 삼일 동안만 지속됨'이란 의미로, 조선 초기에 기술된 《고려사》에 등장하는 표현이다. 고려 말엽 왕권이 약해지면서 여러 폐단이 있었는데, 관청의 행정명령이 자주 바뀌는 일도 있었다. 이에 착안하여 조선은 새로운 왕조의 정당성을 강조하고자 다소 과장하면서까지 '고려공사삼일'이란 말을 의도적으로 정사에 적어 넣었다.

그렇지만 조선에서도 혼란스러운 시기에는 비슷한 일이 발생했다. 이에 조선 중엽의 문신 유몽인은 《어우야담》에서 '조선공사삼일'이란 말로 난맥상을 비판했다. 일제강점기에는 일본이 '조선공사삼일'이라는 말을 근거로 '조선인은 냄비근성'이라는 허구 논리를 만들었으며, 처음엔 잘하지만 결심이 삼일을 못 넘긴다는 '작심삼일(作心三日)'이란 말도 함께 퍼뜨렸다.

결심한 걸 꾸준히 실천하기란 쉽지 않은 일이고, 중도에 그만두는 사람들은 세계 어디에서나 쉽게 볼 수 있다. 일본에도 '어떤 일에 쉽게 몰두하는 사람은 쉽게 싫증을 느끼는 경우가 많다'라는 속담이 있다. 어찌 됐든 오늘날 '작심삼일'은 마음을 단단히 먹었으나 며칠 지나지 않아 흐지부지해짐을 비유하는 말로 쓰이고 있다.

한편, 의학적 연구에 따르면 원래 우리 몸은 작심삼일에 최적화되어 있으므로, 어떤 목표를 세울 때 계속 반복하면서 점차 강도를 올리는 방식이 좋다고 한다.

◦ 작심삼일 | 결심이 사흘을 지나지 못함. 곧 결심이 굳지 못함을 이르는 말.

# 정곡을 찌르다

"일본이 동학 농민의 봉기를 틈타
청국에 전쟁을 걸고자 내세운 구실이
조선의 내정 개혁이었던 점은
정곡을 찌르는 공략이었다."

- 이성무, 《조선 왕조사》

활쏘기는 과녁을 얼마나 정확히 맞히느냐에 따라 실력의 우열이 가려진다. 과녁 전체를 적(的), 정사각형의 과녁 바탕을 후(侯)라고 하는데, 천으로 만들면 포후(布侯), 가죽으로 만들면 피후(皮侯)라고 불렀다. '후'에는 동심원이 여러 개 있고 한가운데 검은 점이 있는데, 이 검은 점을 포후면 정(正), 피후면 곡(鵠)이라고 했다. 이 둘을 합쳐 정곡(正鵠)이라는 말이 만들어졌다. '정곡을 찔렀다'라는 말은 '정확하게 과녁 중심을 맞혔다'라는 뜻이다.

'정곡'이 과녁을 뜻한 데는 또 다른 까닭이 있다. 정(正)은 옛날에 '솔개'의 다른 이름이기도 했다. 솔개는 비교적 크기가 작은 새인데 민첩하고 높이 날아 활로 맞히기 쉽지 않다. 곡(鵠)은 고니의 다른 이름인데, 이 새 역시 높이 날아서 맞히기 어렵다. 이렇게 과녁의 중심은 솔개(정)와 고니(곡)를 맞히는 것처럼 어렵다고 하여 정곡이라 부르게 됐다는 이야기다.

정곡을 맞히는 것은 매우 정확한 일이므로 요점이나 핵심을 맞추었을 때도 '정곡을 찌르다', '정곡을 꿰뚫다'라고 말한다. '정곡을 찌르다'라는 말은 어떤 문제의 핵심을 지적한다는 뜻으로도 쓰이는데, 당하는 입장에서는 급소를 맞은 꼴이므로 '정곡으로 찌른 듯'이라고도 표현한다. 김소진의 소설 〈열린 사회와 그 적들〉에서 정곡이 다음과 같이 쓰였다.

"순심의 말은 가슴팍을 정곡으로 찌른 듯 아팠다."

◦ 정곡을 찌르다 | 정확하게 맞히다. 또는 급소를 건드리다.

## 좌하 귀하

"형식은 우선이가 받아 든 편지 피봉에
매우 익숙한 글씨로
'이형식 씨 좌하'라 한 것을 보고……"

- 이광수, 《무정》

어른에게 서신을 보낼 때는 이름 아래에 좌하(座下)라고 써야 하는데, '좌하'란 앉아서 받는다는 뜻이다. 요즘 많이 쓰는 '귀하(貴下)'란 말은 조어 능력이 뛰어난 일본인 작품이다.

귀하란 말이 상대방을 존대하는 접두어인 '귀' 자와 자신을 낮추는 '하' 자로 되어 있어 이치는 맞으나, 폐하, 전하, 휘하 등 '하'자 돌림의 다른 존칭어처럼 구체적 상징 공간(돌계단, 궁전, 깃발)의 전제가 없다는 점에서 어색한 말임이 틀림없다. 개화기 때 편지 겉봉에 쓴 걸 보면 '최판관댁 입납', '양천허씨댁 입납' 처럼 되어 있지 귀하란 말은 쓰지 않았다. 귀하라는 말 대신에 받는 이의 이름 뒤에 '-님' 또는 '-께'를 쓸 일이다.

◦ 좌하 | 편지에서, 상대방을 높여 그의 이름 아래 쓰는 말.

## 선술집
## 주막

"더운 공기가 꽉 들어찬 주막 안은
파리 떼들이 윙윙댈 뿐 조용하다."

**- 방영웅, 《분례기》**

"그 근처 선술집에서 두서너 사람과
탁주를 먹으려 편지하던 친구에게 물었다."

**- 나도향, 《지형근》**

고려 숙종 9년(1104)에 주식점(酒食店)을 열어 화폐 유통을 꾀한 게 우리나라 주막의 시초다. 그러나 화폐는 기대만큼 통용되지 못했고 조선 시대에 들어서도 마찬가지였다. 하여 여행자는 양식을 갖고 다녔다. 영호남 큰길에 주점(酒店)이 있기는 하나 술과 장작만 갖췄을 뿐이었다. 그러다가 효종 때부터 화폐가 널리 유통되어 음식도 팔고, 접대하는 여자도 있는 '주막(酒幕)'이 본격적으로 유행했다. 주막은 조선 후기부터 장시(場市)의 영향으로 번성했다. 장날 장터에는 장국밥집이 있어 장꾼들과 장 보러 나온 사람들이 술과 음식을 먹을 수 있었다.

역참제(驛站制) 발달도 주막 형성에 한몫했다. 각 지방에서 서울로 향하는 요충지 곳곳에는 파발마를 관리하는 역이 세워졌고, 역 주변에는 어디나 주막이 있었다. 주막의 酒(술 주)는 '술', 幕(막 막)은 '집'을 의미하는 문자로, 술과 음식뿐만 아니라 잠자리까지 제공했다. 이때 주막에서는 '점(店)' 또는 '주(酒)'라는 깃발을 내걸어, 주요 상품을 강조했다. '점'은 숙박, '주'는 술이 주요 상품이라는 의미였다. 주막 여주인은 '주모(酒母)'라고 불렀고, 잡일하는 소년은 '중노미'라고 불렀다.

구한말 목로주점(木爐酒店)은 술 한 잔에 무슨 안주든 하나씩 집어 먹을 수 있고 술값만 받아서 인기가 많았으며, 의자가 없어서 아무리 많은 술을 마셔도 꼭 서서 마신 까닭에 '선술집'이라고도 불렸다. 일제강점기 들어 주막은 사라지고, 여자와 술을 함께 파는 '색주가(色酒家)'가 그 자리를 차지했다.

◦ 주막 | 시골 길가에서 밥과 술 따위를 팔고 나그네에게 잠자리도 제공하는 집.

◦ 선술집 | 술통 앞에 서서 간단히 술을 마시게 되어 있는 술집.

## 순식간 찰나

"문을 열고 나서려는 찰나
총성이 요란하게 주위를 뒤흔들었다"

- **오상원, 《모반》**

"치고 박고 싸우는 것도 순식간,
언제 우 서방이 낫을 들고 나왔든지……."

- **박경리, 《토지》**

'찰나(刹那)'는 산스크리트어 '크샤나'를 음역한 불교 용어로, 한 생각을 일으키는 짧은 순간을 뜻하는 말이다. 불교에서 손가락 한 번 튕기는 동안의 아주 짧은 시간 단위를 탄지경(彈指頃)이라고 하는데, 탄지경보다 65분의 1이나 짧은 시간이 '찰나'다. 인체가 느낄 수 없을 만큼 짧게 지나가는 순간인 셈이다. 한 사람의 탄생에서 죽음까지의 시간은 광대한 우주의 시간에 비하면 한갓 찰나에 지나지 않는다.

이에 비해 순식간(瞬息間)은 눈을 한 번 깜짝(瞬)하거나 숨을 한 번 쉴(息) 만한 극히 짧은 동안(間)을 이르는 말이니, 짧기는 하지만 찰나에 비해 우리가 좀 더 감각할 수 있는 시간이다.

- 찰나 | 어떤 일이나 사물 현상이 일어나는 바로 그때.
- 순식간 | 눈을 한 번 깜짝하거나 숨을 한 번 쉴 만한 아주 짧은 동안.

# 천방지축

"그 행각이 가히 천방지축이라는 소문이었다."

- **현기영, 《변방에 우짖는 새》**

"고갯길을 천방지축 달려 올라가자니
마음이 아픈 것은 말할 것도 없거니와,
발인들 아프지 않았으랴."

- **정비석, 《비석과 금강산의 대화》**

천방(天方)은 하늘의 한 방향, 지축(地軸)은 지구가 자전하는 중심선을 가리키는 말이다. 본래 '천방지축(天方地軸)'은 하늘로 갔다 땅속으로 갔다 하면서 방향을 정하지 못하고 이리저리 자꾸 헤매는 모양을 나타낸 말이었다. 이후 천방지축은 첫 번째 예문에서처럼 무작정 덤벼들거나 제멋대로 함부로 날뜀을 이르는 말로 쓰이는가 하면, 두 번째 예문에서처럼 급하게 허둥지둥하는 걸 강조했다. 유의어 천방지방(天方地方)은 종잡을 수 없이 덤벙대는 일을 의미한다.

◦ 천방지축 | 너무 급하여 허둥지둥 함부로 날뜀.

# 천하대장군

"이런 운수 들오면 천하대장군도 쇠양없어요.
지둥 뿌랭이 밑동부텀 흔들어 부링께로."

- 최명희, 《혼불》

옛날 우리나라의 마을 입구에는 마치 약속한 듯 장승이 세워져 있었다. 각각 천하대장군(天下大將軍), 지하여장군(地下女將軍)이라는 글씨가 적힌 장승은 상징적으로 마을 입구를 지키는 동시에 위치를 알려주는 안내판 역할을 했다. 그렇다면 천하대장군이라는 글씨를 쓴 사람은 누구일까?

'천하대장군'은 장승의 아랫부분에 쓰인 글씨로 유명하며, 이런 문자가 쓰인 데는 다음과 같은 유래가 전해 온다.

신라의 김생(金生)은 천성이 글씨 쓰기를 좋아했으나, 워낙 가난해서 좋은 붓과 먹을 살 수 없었다. 그럼에도 그는 지팡이로 모래에 글씨를 쓰며 명필이 되고자 노력했다. 그 결과 지팡이 끝이 차차 닳아서 십 년에 한 자루, 이십 년에 두 자루를 소비했다. 어느 정도 글씨에 자신감을 가진 김생은 여기저기 돌아다니며 사람 눈에 띄기 쉬운 마을 입구의 큰 돌이나 거목에 '天下大將軍'이라는 다섯 글자를 썼다. '세상에서 으뜸인 장군'이라는 의미로, 특별한 목적은 없었으며 그저 한눈에 들어오는 강렬한 문자라는 점에서 택했다. 어쩌면 당시 사람들이 숭배한 거석·거목 신앙을 고려한 일일 수도 있다. 어쨌든 김생의 예상은 적중해 그의 명성은 널리 퍼졌고, 그에게 글을 써달라고 부탁하는 사람이 끊이지 않아 결국 엄청난 재산을 얻었다고 한다.

이후 장승에는 반드시 천하대장군이란 글자를 써넣었는데, 후세 사람들이 음양 조화를 이루기 위해 장승을 하나 더 세우면서 지하여장군이라는 말을 덧붙였다.

◦ 천하대장군 | 돌이나 나무에 사람 얼굴을 새겨서 마을 입구에 세운 장승 중 남자 모양을 한 것.

## 추상같이

"추상같이 호령하는 사명당의
웅장한 모습을 바라보자 적병들은 위풍에 눌리고
인격에 질려서 쥐구멍을 찾아 달아난다."

- 박종화, 《임진왜란》

'추상같이'에서 '추상(秋霜)'은 가을에 내리는 찬 서리를 이르는 말이다. 무더운 여름이 지나고 맞이하는 서리는 매우 춥게 느껴지기 마련이다. 서리는 계절 변화에 따라 일어나는 자연현상이므로 거역할 수 없다. 이에 연유하여 '추상같다'라는 말은 '호령 따위가 위엄 있고 서슬이 푸르다'라는 뜻으로 쓰이게 됐다. 권위 있는 통솔자의 명령이나 지시에 비유하여 쓰는 말로, 아주 냉정하고 엄격한 위엄을 의미한다. '서릿발 같은', '얼음장 같은' 따위로 쓸 수 있다. 박완서 소설 《미망》에서도 '추상같이'의 쓰임새를 확인할 수 있다.

"처녀의 몸으로 아랫것들을 추상같이 거느리며 몇 년을 홀로 지키던 동해랑 집이었다."

◦ 추상같이 | 호령 따위가 위엄이 있고 두려울 정도로 서슬이 푸르게.

## 출세 성공

"수재란 기껏 일신 출세하기에
알맞은 속물일 뿐이다."

- **이병주, 《지리산》**

"명옥이만 하더라도 툭하면 떠세가,
제 남편 덕에 출세하게 된 것이 아니냐는 것이다."

- **염상섭, 《돌아온 어머니》**

'출세(出世)'라는 말은 본래 불가에서 '부처가 중생을 구제하기 위해 이 세상에 출현한 일'을 뜻했다. 그런데 고려 시대에 그 의미가 조금 바뀌었다. 불교를 우대한 고려에서는 왕족이나 귀족의 자식이 출가(出家)하는 것을 '출세'라고 말했다. 이들은 보통 사람보다 더 빨리 높은 지위의 승려가 됐기에 '출가'와 구분하여 '출세'라고 한 것이다. 이로부터 '출세'는 '세속적인 것을 뛰어넘는 것', '세속적인 세계에서 벗어나 불도에 정진하는 일'을 일컫게 됐다.

'출세'는 후대에 이르러 '훌륭한 신분이나 지위에 오름'을 뜻하기에 이르렀고 과거에 급제한 사람도 출세했다고 표현했다. 이렇게 '출세'란 사회적으로 이름을 빛낸 사람을 지칭할 때 쓴다. 공명(功名)의 개념이 강하다.

이에 비해 사마천이 쓴 《사기》의 '성공지하불가구처(成功

之下不可久處)'에서 나온 말 '성공(成功)'은 자신이 원하는 걸 이룬 상태를 의미한다. '성공지하불가구처'란 성공한 곳에서는 오래 머물지 말라는 뜻으로, 오래도록 명예롭고 권세 있는 자리에 있으면 남에게 원한을 사거나 질투를 당해 화를 입기 쉬움을 훈계하고 있다.

사람마다 성공 기준이 다른 까닭에 성공을 한마디로 정의하기 어렵다. 오래도록 짝을 찾는 사람은 결혼에 성공하고 싶고, 경제적으로 어려운 사람은 큰돈 벌기 위해 성공하고 싶고, 자식이 잘 자라기를 바라는 부모는 뜻한 바대로 성공한 모습을 보고 싶어 할 것이다.

---

◦ 출세 | 사회적으로 높은 지위에 오르거나 유명하게 됨.

◦ 성공 | 목적하는 바를 이룸. (어떤 일이) 자기가 뜻한 대로 됨.

# 파경

"아이를 빨리 낳았더라면
네 부부가 파경을 당하진 않았을 거야."

- 김승옥, 《서울의 달빛》

신라 진평왕 때 경주에 사는 설씨녀(薛氏女)가 늙고 병든 아버지의 병역 문제로 고민에 빠졌을 때, 평소 설씨녀를 사모한 가실(嘉實)이라는 이름의 청년이 찾아와 아버지 대신 가겠노라 말했다. 설씨녀는 거울을 절반으로 쪼개 나눈 후, 병역이 끝나는 3년 뒤 혼인을 약속했다. 가실은 6년이 지나서야 나타났고, 몰골이라 설씨녀가 자신을 못 알아보자 신표로 받은 거울 조각을 꺼내 증명한 후 설씨녀와 혼인했다.

이 설화에서 파경(破鏡), 즉 '깨어진 거울'은 '다시 만날 약속의 증표'다. 지금은 '파경'이란 단어를 '부부 사이가 틀어져 헤어지는 일'을 비유하는 말로 쓰지만, 고대에는 그렇지 않았다. 흥미롭게도 진평왕 재위(579~632) 시기에, 중국에서도 비슷한 일이 있었다.

589년에 진나라 관리 서덕언(徐德言)은 수나라에 의해 진나라가 멸망할 것임을 예감하고, 아내에게 두 쪽으로 깨뜨린 거울의 한쪽을 주며 말했다.

> "수나라가 쳐들어오면 우린 필시 헤어지게 될 것이오. 당신은 이것을 잘 간직하고 있다가 정월 대보름에 수나라 수도 장안에 내다 팔면 어떻게든 당신을 찾아가겠소."

서덕언의 예측은 현실이 됐고, 부부는 전란 통에 헤어져 소식을 알 길 없게 됐다. 이듬해 서덕언은 장안으로 가서 반쪽 거울을 파는 노파를 만나 짝을 맞춰 본 후 우여곡절 끝에 아내를 다시 만났다. 이처럼 파경은 본래 '부부가 헤어지며 훗날 다시 합침을 기약'하는 의미였지만, 오늘날은 그 반대로 쓰이고 있다.

---

◦ 파경 | 부부의 사이가 틀어져 헤어지는 일을 비유적으로 이르는 말.

---

# 폐하 전하 각하

"폐하의 재가 여부는
내일 중에 칙지로 내리시도록 하는 게
좋겠습니다."

- 유주현, 《대한제국》

"전하, 미거한 소신은 전하께
꼭 한마디를 아뢰려 하옵니다."

- 박종화, 《다정불심》

'폐하(陛下)'는 '섬돌(돌층계) 아래'라는 뜻의 제후 존칭이다. 높은 계단 위에 있다는 것은 상대방보다 지체가 높음을 뜻한다. 진시황 이후 중국에서는 신하가 황제를 알현하려면 돌층계 아래에 있는 호위병을 통해야 했는데, 이때 '계단 밑에 있는 호위병을 부르다'라는 의미의 '폐하'라는 호칭이 황제를 가리키는 존칭으로 굳어졌다.

이에 비해 '전하(殿下)'라는 호칭은 임금과 왕족이 사는 큰 건물을 이르는 전각(殿閣)과 관련되어 생겼다. "전하! 통촉하여 주시옵소서!"라고 말할 때의 '전하'는 직역하면 '큰집(殿) 아래(下)'에 있다는 뜻이고, 실제 의미는 정전 아래에 있는 신하들이 자신을 가리킨 데서 비롯된 호칭이다. 조선 시대 내내 국왕에 대한 존칭은 '전하'였다. 하지만 고종이 대한제국을 선포한 후에는 '폐하'로 존칭을 바꾸었다.

'각하(閣下)'라는 존칭은 중국 고전 《사물기원》에 나온다. 존대 대상이 거처하는 건물(閣) 아래(下)에서 우러러본다는 뜻으로 '높은 벼슬아치'를 지칭하는 말이었다. 일본은 이 용어를 받아들여 제2차 세계대전 때까지, 일본 국왕이 임명하는 문관 칙임관(勅任菅)과 무관 육군 소장 이상에게 각하라는 호칭을 썼다. 종전 후에는 총리나 각료에게만 공식 문서에서 이 존칭을 사용했다.

우리나라에는 전통적으로 각하라는 존칭을 쓰지 않았으나, 이승만 정권 때부터 대통령을 각하라고 불렀다. 그뿐만 아니라 나중에는 총리와 사단장급 이상 장성들까지도 각하라고 불렀다. 박정희 정권 이후엔 대통령만 각하로 불렀으며, 이후 대통령에게 그대로 이어졌다가 김대중 정권 때 각하 대신 '대통령님'으로 호칭을 바꿔 사용하도록 했다.

- 폐하 | '황제(皇帝)'나 '황후(皇后)'를 공경하는 뜻으로 사용하는 칭호.
- 전하 | 왕국의 왕과 왕비를 높여 이르는 말.
- 각하 | 특정한 고급 관료에 대한 경칭.

# 품평

"자신을 눈앞에 앉혀 놓고
모녀가 차례로 품평을 하는 것이 불쾌해서
얼굴이 화끈하고 달았다."

- 심훈, 《영원의 미소》

'품평(品評)'은 물건의 품질 평가라는 뜻으로 많이 쓰지만, 본래는 사람 품격을 평한다는 말이었으며, 옛날 중국에서 인재를 선발하던 방식에서 나왔다.

과거제 시행 이전에 관리를 뽑을 때는 용모를 매우 중요하게 생각했다. 사람 얼굴을 비롯한 외모에서 그 사람의 능력과 품성이 나타난다고 믿은 까닭이다. 하여 각지에서 인재를 추천할 때 해당 인물 초상화를 올리면, 군왕의 신하들이 해당 인물에 대해 품격 등급을 매겼다. 이를 품평이라 했는데, 이 세상에 다시는 없을 만한 아주 뛰어난 으뜸을 '일품(逸品)'이라고 평했다. 이후 문학 및 예술 작품에도 품평이 성행했으며, 신이 만든 것 같은 작품이라고 하여 '신품(神品)'이라는 극찬까지 생겼다.

◦ 품평 | 물건이나 작품의 좋고 나쁨을 평함.

# 하마평

"총선 1년을 앞두고 거물급 인사들의
경기도 출마 하마평이 무성하다."

- <경인일보>(2023. 4. 25.)

옛날 가마 또는 말은 상류층 사람이 이용하던 대표적인 교통기관이었는데, 통행 여부를 알려주는 교통표지는 그때도 있었다. 그중 하나가 궁궐 정문 근처에 세워진 하마비(下馬碑)다. 조선 태종 13년(1413)에 종묘와 궐문 앞에 표목을 세워놓은 게 효시이며 지금도 서울의 덕수궁 정문을 들어서면 하마비를 볼 수 있다.

하마비에는 '모두 말에서 내리시오(大小人員皆下馬)'라는 안내문이 적혀 있다. 그러면 주인은 가마나 말에서 내려 안으로 들어가고, 가마꾼이나 마부는 주인이 일을 마치고 나올 때까지 마냥 기다려야 했다. 궁궐 안으로 들어간 주인이 언제 나올지 모르니 기다리는 아랫사람들은 참으로 심심했다. 하여 같은 처지에 있는 가마꾼이나 마부끼리 잡담을 나눴고, 별의별 이야기가 오갔다. 이들은 주인을 모시거나 이동하는 과정에서 주워들은 정보가 있었고, 대화에는 공통 소재가 필요했는데, 그들 주인이 고급 관리인지라 대화의 중심도 자연스레 승진, 좌천 따위 인사이동에 관계된 게 많았다. 이에 연유하여 '하마평(下馬評)'이란 말은 관직 이동이나 관직 임용 후보자에 대해 세상에 떠도는 풍설(風說)을 의미하게 됐고, 말(馬)에 빗대어 '오르내리다'라고 표현하게 됐다.

유의어로는 영어 단어 가십(gossip)이 있지만 여러모로 의미가 다르다. 가십은 소재에 제한이 없는 잡담이고, 하마평은 '감투'에 국한한 예측성 소문이다. 또한 가십은 지난 일에 대해 그러했을 거라는 과거형 어림짐작이고, 하마평은 장차 그러할 거라고 내놓은 미래형 추측이다.

◦ 하마평 | 관리들의 인사이동이나 관직 임명에 대해 떠도는 평판이나 풍문.

# 함구령

"폐비 일 건에 대해서는 동궁의 귀에
추호만큼이라도 들려주지 말라는
함구령이 내린 지가 벌써 오래다."

- 박종화, 《금삼의 피》

연산군은 광적으로 미색에 집착했다. 연산군은 전국 각지에 사람을 보내 미혼, 기혼 여부를 따지지 않고 미모 뛰어난 여자를 붙잡아 오게 했으며, 대궐 안에 음탕한 처소를 마련해 두고 연일 음욕에 빠져 살았다. 당연히 여론이 나빠졌지만, 연산은 반성하기는커녕 아예 귀를 닫고 살았다. 그뿐만 아니라 싫은 소리를 듣지 않기 위해 아예 사람들의 입을 원천적으로 막으려 했다.

"모든 신하는 다음 내용을 나무에 새긴 신언패를 항상 몸에 지니도록 하라!"

구시화지문(口是禍之門 입은 불행을 가져오는 문이고)
설시참신도(舌是斬身刀 혀는 몸을 베는 칼이니)

폐구심장설(閉口深藏舌 입을 다물고 혀를 깊이 간직하면)

안신처처뇌(安身處處牢 몸이 어디에 있든지 편안하리라)

이 말은 조선 시대 궁중 내시의 계명(誡命)이었으며, 내시들은 이 계명을 항시 의식하여 말조심하며 지냈다. 그러나 똑같은 말이라도 누가 왜 했는가에 따라 달라지는 것인바, 연산이 조정에 드나드는 관리에게까지 목에 차도록 지시한 신언패(愼言牌)는 사실상 더는 충언하지 말라는 독재자의 함구령(緘口令)이었다. 이에 연유하여 이때부터 '함구령'은 '어떤 일의 내용을 말하지 말라는 명령'을 가리키는 말로 종종 쓰였다. 요컨대, 특정한 사실에 대해 말하는 것을 금지하는 명령이 함구령이다.

◦함구령 | 특정한 사실에 대해 말하는 것을 금지하는 명령.

## 허공 / 하늘

"물결은 산산조각이 되어
억천만 개 흰 구슬로 허공에 부서진다."

**- 박종화, 《임진왜란》**

"황은 여자와 떨어져 누워
하늘 저 끝으로 떠가는 담뱃불을 보고 있었다."

**- 박영한, 《머나먼 쏭바강》**

"태자가 '이제 수염과 머리를 깎았으니 일체 번뇌와 죄장을 끊어주소서'라고 말하자 인드라(제석천)는 머리칼을 받아 떠나갔으며 허공에서 향을 사르고 꽃을 흩으면서 '장하십니다. 장하십니다' 하며 찬탄했다."

불교 경전인 《인과경》에 있는 내용으로, 불가에서 삭발이 계율이 된 유래를 설명하고 있다. 그런데 '허공(虛空)'과 '하늘'은 어떻게 다를까?

'허공'은 산스크리트어 '아카사(akasa)'를 번역한 불교 용어로 뜻은 '공간'이다. 이때 '공간'은 단순히 텅 빈 세계가 아니라 아무 방해받지 않고 사물의 운동을 가능하게 해 주는 장소란 의미를 가진다. 비유하자면 운동장인 셈이고, '자유로운 공간', '열린 공간'이라는 뜻이다.

'허공'은 역설적으로 말해 '아무것도 없는 세계'이므로 허전한 느낌을 주기도 한다. 이에 연유해 일반 사회에서 '허공'은 헤매는 영혼이나 쓸쓸한 마음 상태에서 하늘을 바라보는 심정을 나타낼 때 썼다. "억울하게 죽은 원혼이 허공을 떠돌고 있다", "무심히 허공을 응시한다"처럼 사용한다.

'허공'이 활동에 아무 제한 없는 공간적 개념이라면 '하늘'은 땅 위에 있는 무한대의 넓은 공간을 가리킨다. 인류는 태초부터 하늘에 외경심을 가졌으며 특별한 존재나 신이 살고 있으리라 믿었다. '하늘'이라는 우리말은 크다는 뜻의 접두어 '한-'에 위라는 뜻의 '울'이 더해져 생겼으니, '하늘'은 '가장 크고 으뜸인 위', 즉 '첫째 큰 것'인 셈이다. 오늘날 하늘이란 종교적으로 거룩함을 상징하는 장소 혹은 과학적 개념으로서의 무한한 넓은 공간을 의미한다.

◦ 허공 | 텅 빈 공중. 아무것도 없는 세계.

◦ 하늘 | 지평선이나 수평선 위로 보이는 무한대의 넓은 공간.

## 불호령 호령

"도원수의 꾸짖는 호령 소리가 떨어진다."

- 박종화, 《임진왜란》

"임호한은 이들이 나서지 못하도록
불호령을 내렸고 찾아가도 만나 주지 않았다."

- 유현종, 《들불》

본래 '호령(號令)'은 군대에서 병사들을 지휘할 때 내리는 명령을 뜻하는 말이었다. 많은 사람에게 잘 들리게 하려면 큰 소리를 내야 하고, 지시를 잘 따르게 하려면 목소리에 힘이 담겨 있어야 한다. 사또의 호령이 떨어지면 나졸들은 즉시 죄인을 끌고 나가거나 지시받은 일을 수행했고, 장군의 호령이 진중을 울리면 군사들은 일사불란하게 움직였다.

그런데 제대로 통제에 따르지 않거나 잘못하는 병사에게는 더욱 큰 목소리로 꾸짖어야 한다. 이에 연유하여 '호령'은 '큰 소리로 꾸짖음', '완전한 장악', '큰 영향력'이라는 뜻을 갖게 됐다. "중원 대륙을 호령", "장갑 하나로 세계 시장 호령" 처럼 쓴다.

'불호령'은 호령 중에서도 유난히 심한 호령을 이르는 말이다. 마음에 들지 않아 불이 멘 소리로 하는 호령을 뜻했다.

그런데 이런 목소리에는 격한 감정이 담겨 있으므로 '볼' 대신에 '아주 극심함을 나타내는 말'인 '불' 자를 붙여 '불호령'이라 하게 됐다. 불개미, 불곰, 불더위 등도 '불'의 의미를 잘 일러주고 있다.

청소년 시절 집에 너무 늦게 들어가면 아버지의 불호령이 떨어지고, 지각을 자주 하는 직원에게는 상사의 불호령이 떨어지며, 가게에서 일 처리를 게을리하는 점원에게는 주인의 불호령이 떨어진다.

◦ 호령 | 부하나 동물 따위를 지휘하여 명령함.

◦ 불호령 | 갑작스럽게 내리는 무섭고 급한 호령.

## 화장실 변소

"그는 벌써 여러 차례 화장실을 다녀왔으며,
자꾸만 정신이 혼미해지기까지 하였다."

- 문순태, 《피아골》

"어쩌면 선생이 설사 나서
변소에 웅크려 앉았을지도 모른다……."

- 전상국, 《동행》

'화장실'은 똥오줌을 누거나 손을 씻거나 화장 따위를 고칠 수 있도록 만들어 놓은 곳을 이르는 말이다. 그 어원은 조금 엉뚱한 데서 비롯됐다.

18세기에서 19세기경 영국에서는 가발에 가루를 뿌리는 일이 유행했다. 이 유행 때문에 상류층 가정의 침실에는 가발에 가루를 뿌리기 위한 '파우더 클라지트(powder closet)'라는 공간이 생겼다. 우리말로 번역하면 '예쁘게 화장하는 방', 즉 화장실(化粧室)이다. 그런데 가루를 뿌린 뒤에는 손을 씻어야 하므로 화장실에 씻을 물을 마련하게 됐고, 용변을 본 다음에도 물로 손을 씻으므로, 이후 화장실은 용변을 보는 공간과 같은 뜻으로 쓰이게 됐다.

우리나라에서는 화장실에 대한 명칭이 참으로 다양했다. 직접적으로 말하기에는 조금 부끄러운 까닭에 은유적으로 표현했기 때문이다. 대소변(大小便)을 보는 곳이어서 '변소(便所)', 집 옆에 있어서 '측간(厠間)', 건물 뒤쪽에 있어서 '뒷간', 생리적 걱정뿐만 아니라 마음의 근심까지 없애주는 곳이라 해서 '해우소(解憂所)', 몸속을 깨끗이 해준다 해서 '정방(淨房)', 또 장난기 어린 뜻으로 '작은 집' 등으로 불렀다.

요즘에는 서양식 표현을 따른 '화장실'이란 표현을 많이 쓰며, 이청준 작품 〈소문의 벽〉에서 보듯 소설에서도 그러하다.

"나는 좀처럼 그 화장실을 사용하는 일이 드물었다."

◦ 화장실 | 화장을 고치거나 대소변을 보도록 만들어 놓은 곳.

# 불한당 화적

"청석골 화적 괴수 임꺽정이가
양주 백정의 아들이랍디다."

- 홍명희, 《임꺽정》

'화적(火賊)'의 어원은 횃불을 들고 무리 지어 약탈을 자행한 강도 집단 '명화적(明火賊)'인데, 이들은 일반 도적과 다른 특징이 있었다. 다산 정약용이 정의한 바에 따르면, '명화적'은 우두머리를 앞세운 수십 명이 뛰어난 말을 타고 횃불과 창검을 든 채 부잣집에 들어가서 주인을 결박한 다음 금고를 털고 곳간을 불 지르며, 거듭 협박해 감히 발설하지 못하도록 한다. 이들은 땀 흘려 일하지 않고 폭력으로 남의 재물을 뺏기에, '땀이 없는 무리'라는 뜻의 '불한당(不汗黨)'이라고도 불렀다.

◦ 화적 | 떼를 지어 다니며 강도 짓을 하는 무리.

◦ 불한당 | 떼를 지어 돌아다니며 재물을 마구 빼앗는 사람들의 무리.

# 회자되다

"그해 여름은 기상 관측 이래
최악의 폭염으로 아직도 회자되곤 한다."
- <중부매일>(2023. 5. 20.)

고대 중국인은 고기를 좋아했는데 먹는 방법에 따라 명칭이 달랐다. 날로 먹는 것을 '회(膾)', 구워 먹는 것을 '자(炙)'라고 했다. 회자(膾炙)는 고기류를 총칭하는 말이었고, 당시 사람들은 회든 자든, 형편이 되는대로 즐겨 먹었다. 그런데 공자의 문하생 증자(曾子)와 관련된 일화로 새로운 의미가 더해졌다.

어버이에 대한 효심이 많은 증자는 대추를 좋아한 부친이 타계한 이후부터 대추를 먹지 않았다. 그걸 본 공손추가 맹자에게 물었다.

"회자와 대추 중 어느 게 맛있을까요?"

이에 대해 맹자는 다음과 같이 대답했다.

"그것은 단연 회자다. 그러나 상중(喪中)에 있는 증자가 맛있는 회자를 먹으면서도 대추를 먹지 않는 건 사정이 다르다. 맛으로서가 아니라 오로지 아버지를 그리워하는 마음 때문에 대추를 먹지 않은 것이다."

이 문장을 출전으로 해서 회자란 말의 의미가 새롭게 사용되기 시작했으며, 널리 칭찬을 받으며 사람들의 입에 오르내림을 뜻하게 됐다. 가령 누군가의 칭찬받을 만한 행동이나 문장가의 뛰어난 글귀가 많은 사람의 입에 오르내려 세상에 널리 알려지는 것 말이다. '사람들 입에 회자되는 명시(名詩)'와 같이 쓰인다. 이따금 앞에 예시로 든 인용문이나 '정치권에서 회자되는 각종 루머'와 같은 뜻으로 쓰기도 하는데, 바른 쓰임이 아니다.

◦ 회자되다 | 널리 관심 대상이 되어 사람들 입에 많이 오르내리다.

# 회자정리

"그는 가고 혼자 남은 외로움이
다시금 사무쳐 온다. 회자정리를 모르는 바 아니다.
별리는 언제나 아프다."

- 한무숙, 《만남》

'묘법연화경'을 줄여 부르는 《법화경》에서는, 부처가 되는 길이 누구에게나 열려 있음을 강조한다. 《법화경》은 고려 시대는 물론 조선 시대에도 여러 차례 간행됐는데, 거기에 '생자필멸 거자필반 회자정리(生者必滅 去者必返 會者定離)'이란 말이 적혀 있다.

살아있는 생명은 반드시 죽고, 떠난 사람은 반드시 돌아오며, 만나면 반드시 헤어지게 된다는 뜻이다. 여기서 나온 '회자정리'란 만난 이는 반드시 이별하게 된다는 뜻으로, 세속에서도 널리 쓰이는 말이다. 헤어지고 싶지 않으나 부득이 이별할 때 주로 쓰는 표현으로 너무 슬퍼하지 말라는 위로를 담고 있다.

◦ 회자정리 | 만난 자는 반드시 헤어짐. 모든 것이 무상함을 나타내는 말.

# 회포를 풀다

"옥바라지할 때 신세진 게 고마워서
그 후에도 추수가 끝나면 쌀섬이나 보내는 걸
잊지 않았고 일 년에 두어 차례는 상경해
하루 이틀 묵으면서 회포도 풀고
안부도 주고받았다."

- 박완서, 《미망》

두 사람이 오랜만에 만나면 차나 술을 마시면서 회포를 푸는데, '회포를 풀다'라는 말은 무슨 뜻일까?

'회포(懷抱)'에서 懷(품을 회)는 '그리워하는 마음', 抱(안을 포)는 '가슴'을 의미한다. 즉, 그리워하는 마음을 가슴에 품고 있음이 '회포'다. 그리운 마음을 오랫동안 품고 지내다 가슴에서 꺼내 보따리 풀 듯 풀어놓는 일은 참았던 속마음을 말한다는 뜻이다. 하여 '회포를 풀다'라는 관용어가 널리 쓰였다. 회포는 반드시 상대방이 있어야만 푸는 것이 아니고 혼자서도 할 수 있다. 이순신 장군은 깊은 밤에 혼자 수루에 올라 바다를 바라보면서 울적한 회포를 시조로 읊어 풀었다.

◦ 회포를 풀다 | 마음속에 품은 생각이나 정을 나누다.

# 휴지

"그는 휴지를 찾아 코를 닦아 내고, 다시 누웠다."

- 이인성, 《그 세월의 무덤》

종이는 원래 글을 적는 데 썼으므로, 문서 용도가 아닌 종이는 '슈지'라고 불렀다. 예컨대 도자기 그릇을 싸거나 갑옷에 쓰인 종이 따위가 그것이다. '슈지'를 한자로 적을 때는 '휴지(休紙)'라고 표기했다.

《조선왕조실록》을 찾아보면 '태종 15년 호조에서 의정부에 상납한 휴지로써 저화지(楮貨紙)를 만들어서'라는 내용이 보인다. 휴지로 종이 화폐를 만들었다는 뜻이다. 구한말까지도 말할 때는 '슈지' 혹은 '수지'로 발음하고, 한자로 적을 때만 '휴지'라고 썼으나, 근대에 이르러 대부분 '휴지'로 발음하고 쓰기도 하면서 '휴지'가 표준어로 인정됐다. 오늘날 휴지는 용도가 바뀌어 밑을 닦거나 코를 푸는 데 허드레로 쓰이고 있다.

◦ 휴지 | 밑이나 코를 닦는 데 허드레로 쓰는 얇은 종이.

찾아보기

# 어원의 발견

**초판 1쇄 발행** | 2023년 7월 10일
**초판 2쇄 발행** | 2023년 8월 24일

**지은이** 박영수
**발행인** 박효상
**편집장** 김현
**기획·편집** 장경희
**디자인** 임정현

**편집·진행** 김효정
**교정** 박정선
**표지·본문 디자인** 정정은
**마케팅** 이태호, 이전희
**관리** 김태옥

**종이** 월드페이퍼 | **인쇄·제본** 예림인쇄 · 바인딩 | **출판등록** 제10-1835호
**펴낸 곳** 사람in | **주소** 04034 서울특별시 마포구 양화로 11길 14-10(서교동) 3F
**전화** 02)338-3555(代) | **팩스** 02)338-3545 | **E-mail** saramin@netsgo.com
**Website** www.saramin.com

책값은 뒤표지에 있습니다.
파본은 바꾸어 드립니다.



ISBN 979-11-7101-002-8 13810
978-89-6049-801-3 세트

**우아한 지적만보, 기민한 실사구시** **사람in**